猎书家的假日

李广宇 著

法律出版社

目 录

限定版

一九七七年，英国发生过两宗偷书案子，一宗在白金汉郡，宵小半夜破窗潜进米尔顿故居书房，撬开上了两道锁的储藏柜偷走十九部珍藏版古书。另一宗是在伯克郡，一家私人藏书楼珍藏的劳伦斯《七智柱》失窃。《七智柱》太有名了，丘吉尔都推崇，英国读书界更说它是最后一部描写战争传奇的巨构。而被窃的这部，不仅是一九二二年的试版限定本，而且还有作者的亲笔签名，当时的市值就达两千英镑。据说，一九二二年的试印版只有八部，一九三五年正式出版时也是特定限印，只做七百五十部，每部编号。董桥珍藏的那一部手写钢笔字第六八九号。

限定版可遇不可求。你是土豪未必能遇见，你有缘分也有眼光遇见时却又会悻悻地想起自己是个穷光蛋。即使董桥这样的贵族，面对限定版时写羡慕嫉妒恨也比写拥书自傲要多。早年在伦敦 Paul Minet 的店里，Paul 跟他说："该买四本小熊温尼的初版本，皮面精装的初版最值得藏！"董桥明白，找齐四本不容易，买齐四本也太贵太贵了，所以最后也只得手一本，是一九二八年的豪华初版，红皮烫金，品相极好。香港西环荷李活道那家 Long Acre 旧书店摆了几架子插图本精装老书，当中自然少不了英国插画大师赖格姆（Arthur Rackham），"赖格姆画插图画的美女迷死人"。Long Acre 的老板绝对是个版本专家，他劝董桥慢慢收齐赖格姆，并可以免息分期付款，董桥没敢欠这份贵重的人情。即便是到了可以"昂首付钱阔步挟她回家"的当儿，董桥也还是习惯性低调，那天在荷里活道 Lok Man Rare Books，他竟然看到当年买不起的那部有赖格姆彩色插图

的 *Peter Pan in Kensington Gardens*，虽然有钱可以买了，他还是免不了嗫嗫嚅嚅地问店家："算便宜些行吗？"真是英雄气短。

文章写到这里，一味只说董桥也就无趣了，说到我自己，虽然也有几分旧书迷恋，但限于机会财力，平时买的也不过大路货而已，有一次我在梅窝那个德国老头开的店里遇上一册赖格姆插画集，版本普通得不能再普通了，但付钱收书的那一刻也是欢天喜地。穷人有穷人的乐事，穷人过年也要吃顿饺子。要说的是寒斋也还有三两部限定版，更让人自得的是这限定版还是我情有独钟的竹久梦二。话说有一天去模范书局，看见架子顶上有几本书样子不俗，便让店员搬来梯子给我取下来，拿到手一看大喜，果然是竹久梦二画集《行人の画帖》。书的外面是一个特织麻布函套，小心翼翼地打开，函套便呈十字形平面摊开，函套里侧单色印了三幅梦二画作，中间那幅还有书名："竹久梦二 行人の画帖 龙星阁"。去掉函套，那书就如入浴的美女脱去了浴衣，美得逼人美得让人魂不守舍。封面材料是红染羊皮丸革，金箔镂印的图案是梦二画的古树老屋。开本是所谓的菊判，重磅铜板纸印，拿在手里沉甸甸的极有感觉。店员迫不及待地给我翻到书尾，在蝉翼棉纸细护下，是一张小巧雅致的收藏卡，上面显示：这书由位于东京都千代田区南段的龙星阁于昭和四十五年十二月二十日发行，特装限定六百三十部，这一本的编号则是第六番。这当儿，老板姜寻回来了，我便学着董桥嗫嚅地问一声：“算便宜些行吗？”姜寻看我是熟人，内心老大不情愿地给了九折。店员打包的时候姜寻请我到里间喝茶，说我给你看件珍品，搬来的是一巨册浮世绘秘画珍藏，姜寻说这只是四册中的第一册。细细赏玩，不免大呼小叫，叹为天物。姜寻说，有位老先生为了凑足三万元的巨额书款，曾央他放宽一个月的期限，言辞中不无我也可享此种特权的意思，我忙说：“即使给我放宽一年，我也还是凑不足啊。”

龙星阁版竹久梦二

说到竹久梦二限定版，就要说说龙星阁了。这家出版社的历史资料没有查到，只知道它位于东京都千代田区九段南。但有一点没有疑问，这就是龙星阁的出版人显然也对竹久梦二情有独钟，因为自昭和四十一年开始，龙星阁每年都要推出一本特装版竹久梦二画集，有两年还多出了一本。这当中我历年购藏的也有六七种，除了那本特装限定版，普通版的《行人の画帖》我也买到了。其实普通版一点儿也不普通，甚至比特装版还要讲究些。最外面是一个瓦楞纸的书盒，正面靠右侧边缘取中贴一张橙色彩纸，一直延伸到书脊，两面印着粗黑醒目的书名。里面又一个书盒，只是比外盒的材质更细更薄，内盒正面是书名，并以梦二画的街景街灯作为装饰。书是硬精装，外封的材质是绢，彩印了梦二美女。在三百六十一幅画作之后，书尾附了长田干雄撰写的长文《流人·行人、永远的旅人》、龙星阁刊行者兼本书编集者泽田伊四郎撰写的《刊行者附记》，以及一篇竹久梦二略年谱，这也验证了我前边关于龙星阁主人偏嗜梦二的判断。

另外收集到的是《凝视》和《出帆》。与《行人の画帖》型制相似，但开本略大，应该属于菊大型判。日语中所谓“判”，指的是印刷用纸的尺寸，类似于我们所说的开本，菊判就是其中一种规格，其他还有四六判、新书判、文库判等。日文书的“判”倾向于小型和划一，较大型的通常只限于画册之类。李长声曾说：日本地震时他书架上的书哗啦啦掉下一片，一看全是中文书，日文书得以岿然不动，恐怕不是它们更习惯地震，而是得益于开本整齐，不似我们那样大小各异，五花八门。中国虽是纸的发明地，但日本人对于纸的讲究似也远超我们，《凝视》和《出帆》用的就是一种较厚的手工纸，低调粗糙，却又极富书卷气，比光光亮亮的铜版纸有感觉多了。《出帆》是梦二的自传体小说，最初于昭和二年五月至九月间在东京《都新闻》上连载，一文一画，共一百三十四回。我所藏的这本刊行于昭和四十七年，浅色粗麻的外封格外雅致，环衬所用的大红色调却又渲染出一种梦二式的热烈。书尾的“刊行者记”对这部作品评价甚高，文章指出：“与其说《出帆》是自传体小说，不如说是梦二细腻描绘自身感情的自传画集。世上有很多自叙传和自画像，但没有像《出帆》这样丰富多彩的自传画集。”《出帆》早几年已有新星出版社的中文译本，系依原画大小刊印，开本近似于菊判。

除了美人画，竹久梦二画得最多的大概就是儿童了，可能在梦二心目中，觉着儿童和女人一样，都无邪似水，所以才一画再画。龙星阁版梦二画集里，有一本《子供の世界》，收入的全是以儿童生活为题材的画作，据说“子供”在日语里就是孩子、儿童的意思。我所藏的这本，出版于昭和四十五年，彩绢封面，铜版纸印，除去硬皮封面出现些微的变形，其他各方面都相当完好。《春の夜の梦》则全是美人画了，共收三百二十幅，有彩画也有黑白画。我买到的又是一本珍贵的特装限定版，昭和四十三年发行，共印八百部。巧的是，我这本的编号又是第六番，恰与那本《行人の画帖》相同。表纸黑染羊皮丸革，天金·本金箔押装，特织麻布制“帙”入。额外的收获是，这书的“帙”里还装有几期文库本大小薄薄的小册子，那是龙星阁自编的“书讯”。几期书讯对龙星阁版梦二画集绍介甚多，当中一篇《梦二真赝》，对梦二画作之真品和赝品的甄别作了颇为专业的分析。书讯还设有一个栏目“龙舌栏”，系龙星阁编辑所写的出版随笔。这一栏名既巧又美，既以“龙舌栏”代表此“栏”乃“龙星阁”

之“口舌”，又与“龙舌兰”谐音。我甚至怀疑，日本古文不仅跟汉语的表意相同，发音怕也没有太多差别。

晚上翻书，从《行人の画帖》里飘然落下一叶不足寸宽的纸条，上面有机打的“夏目书房”的字样，书房的地址则是东京池袋立教通。我猜这书应该是从夏目书房趸来，即便中间有过转手，它也该是最初的源头。池袋是一个很老的地名，据说古时武藏国丰岛郡就有“池袋村”的建制，名字的来由是因为这一带曾有过一个袋状的池塘。至于“夏目”跟国民作家夏目漱石有没有什么牵扯，就不得而知了。后来读到刘柠的新著《东京文艺散策》，才知晓梦二的书出自夏目书房也是有缘由，这家铺子从祖辈开始就不懈蒐集竹久梦二的肉笔画和各种真迹。刘柠写的逛夏目买梦二的经历读来也很有趣：“回来的路上，路过一家旧书店，店幌上写着‘夏目书房’。进去一看，艺术书籍所藏颇丰，笔者所研究的竹久梦二竟有一个专柜。翻了四十分钟，购书八种，一半是梦二。其中一本梦二画集，是明治四十四年洛阳堂初版的复刻毛边本，品相堪称‘完璧’。结账时，才发现店主是一位慈眉善目的老太太，戴着老花镜，坐在柜台里看书。见我买了不少竹久梦二，便问我怎么会喜欢梦二。我说我曾写过梦二的评传，分别在中国大陆和台湾出版，她更吃惊了：‘中国人也喜欢梦二，这真是太好了！梦二的作品，让人越看心里越静，真真是好东西……”

买蕗谷虹儿

鲁迅和叶灵凤都喜欢蕗谷虹儿的画，这是熟悉新文学史的人都知道的事情。鲁迅到日本留过学，但他最早购买蕗谷虹儿画集，见于记载的却是一九二七年十月八日。这时他刚刚移居上海，上午才从临时借住的共和旅社正式搬到景云里，下午就往内山书店淘书去了。内山书店就设在景云里，这可给了鲁迅这个超级书虫莫大的方便。那天买的书里就有《虹儿画谱》一二辑两册，共费四元。次年三月三十日又在内山书店买到一本《私の画集》，也是虹儿的作品。再过一年，一九二九年的二月十三日，收到韩侍桁从日本为他代购的《银砂の汀》一本，此系《虹儿画谱》

的第三辑，前两辑的名字则分别是《睡莲の梦》和《悲凉の微笑》。叶灵凤买虹儿的画，也是在内山书店，带他去内山书店的则是郑伯奇。叶灵凤在《晚晴杂记》中写道：“好像是一个夏天，他从东京回到了上海，高高的身材，戴着金丝眼镜，似乎对我当时所画的比亚兹莱风的装饰画很感到了兴趣。我清晰地记得，他带我去逛内山书店，知道我是学画的，而且喜欢画装饰画，便用身边剩余的日本钱在内山书店买了两册日本画家蕗谷虹儿的画集送给我。这全是童话插画似的装饰画，使我当时见了如获至宝，朝夕把玩，模仿他的风格也画了几幅装饰画。”据我推算，这一时间比鲁迅大概要早上半载数月，但所买的品种，应当相同，都是《虹儿画谱》的一二两辑。

虽然鲁迅和叶灵凤在喜好蕗谷虹儿这一点上高度相同，但也正因了蕗谷虹儿，两位又掐得不亦乐乎。叶灵凤这样回忆他和鲁迅因蕗谷虹儿而生的那场官司：“后来被鲁迅先生大为讥笑，说我‘生吞比亚兹莱，活剥蕗谷虹儿’，他自己特地选印了一册蕗谷虹儿的画选，作为艺苑朝花之一，大约是想向读者说明并不曾冤枉我的。”鲁迅、叶灵凤、蕗谷虹儿我都喜欢，以我不带立场的后来人看来，除去门派之争，当中恐怕也不无一丝争风吃醋的味道在内。这场官司说来话长，我今天只说买蕗谷虹儿。话说我知道蕗谷虹儿远远早于竹久梦二，但买到竹久梦二的画集又远远先于买到蕗谷虹儿。大前年去日本，在新宿的纪伊国屋书店买了一大堆梦二，却没有一本虹儿。是那里没有虹儿的书还是我的兴奋点只聚焦于梦二了，如今已经没有概念，料想应当属于后一种情形。但老天爷不把虹儿推给你不会善罢甘休，隔天去梦二美书馆真就碰上一本。虹儿的画集摆在梦二美术馆，一点儿都不稀奇，梦二本就是虹儿的两位老师之一，在画风和成就上虹儿也是公认的梦二的接班人，但那天我又与虹儿画集失之交臂，一来那本书装帧有些艳俗，二来现金方面也出了点儿问题。

去年小女到东京玩，受我之请，甫一安排停当，就跑去了梦二美术馆，果然就为我斩获了一册《蕗谷虹儿》，比我上次见到的那本雅致多了。这本书由河出书房新社发行，初版在二〇〇七年四月，我得到的这本是二〇一三年十二月的新装版初版。大三十二开软精装，封面是虹儿那幅经典之作《花嫁》，内封黄褐两色印刷，书名之外只有一盏小巧的油灯作点缀，其素朴典雅恰与外封的妖冶靓丽形成强烈的反差。书中收入了虹儿各个时期各种形制各种风格的画作，一个完整的蕗谷虹儿得以呈现在读者面前。此外还有大量的照片、日记、书信、手迹、海报等穿插其间，再加上介绍其生涯作品的文章以及长男龙生撰写的略年谱，使得本书的史料价值陡然提升。值得注意的是，书中还颇为隆重地介绍了鲁迅对于蕗谷虹儿的引介，并且附有鲁迅编印的《蕗谷虹儿画选》的书影以及他所翻译的虹儿的《萌芽》《月光波》

等小诗的中文版本，于此可知，对于虹儿在中国所产生的影响，他们还是格外地引以为自豪。

本来以为，此番小女东渡收获也就如此了，谁成想她还颇有乃父之风，转天又跑到新宿的纪伊国屋继续寻觅，硬是在四楼的艺术区翻出了一本《花嫁人形》。打小这孩子就没少跟我跑书店，见惯了我的挑剔劲儿，所以也学我的样子让人家多拿几本出来从中挑选，可怜人家又是翻柜子又是敲电脑，最后抱歉地一耸肩："确实只有这一本了。"其实这一本的品相也是十分完美。书是硬精装，文库本大小，黑色布纹纸烫金，手写的书名下面，镂刻了一艘扬着红色风帆的木船。另有一只纸做的函套，正反面都是上蓝下黑，图案则是星空皓月、鱼翔浅底，海天交会处仍有一船，船体却染成了别致的桃红。在日语中，花嫁是新娘的意思，人形则是人偶。《花嫁人形》是一本诗画集，一诗一画，如影随形，画得精细，写得空灵。创作这些诗画的动机，据说是为了纪念他早逝而美丽的母亲。该书的问世是在昭和十年（一九三五年），由虹儿自己亲手装帧设计。我得到的这本是国书刊行会平成十八年（二〇〇六年）的第十刷，一刷则是在昭和五十九年（一九八四年）。书尾特别注明，这个版本系采用宝文馆一九三五年初次出版时的设计。我有意跟旧版书影作了一下比较，几乎找不出哪里有什么不同。

在孔夫子旧书网上，曾经看到讲谈社一九六七年出版的《花嫁人形》的另一个版本，据称也是由虹儿自己设计，封面则换成了一个俏美的人偶，这样一来倒与书名更为呼应。网售的这一册扉页上还有虹儿的亲笔签名，售价却只有区区六百五，可惜待我登录时早已售出，不晓得被哪个幸运儿捡了大便宜。讲谈社还印行过一本《蕗谷虹儿画集》，总算被我捞到了手。是昭和五十年（一九七六年）的一刷，虽然已是四十年过去，品相却仍完好如初。这本书的优点是开本大，画幅也就相应的大，由此也更能呈现画作的原貌和神韵。像那幅著名的《黑船》，跨页满印，长度超过了四十六厘米，展卷品读，分外壮观。

突然间就拥有了三本《蕗谷虹儿》，一时间真有点贫儿暴富的感觉。比较全面地欣赏了虹儿之后，免不了要和梦二作一番比较。作为竹久梦二的传人，俩人确有不少相似之处，比如都擅长美人画，都爱画儿童画，都倾力表纸画，都能亦诗亦画，但毕竟分属两个时代，大正年间的梦二表现的生活更老派，昭和年间的虹儿笔下女性则多了几分摩登。毫无疑问我还是更喜梦二，梦二的女人虽然病态但有内容；虹儿的女人虽然标致但太正统。找老婆当然要找正统女人，画中的女人也让她正统就没有了故事。止庵曾说：读虹儿的黑白版画，“可以领略他的‘线’及‘形’，却无法欣赏他的‘色’”，而在我看来，虹儿的拿手好戏恰恰正是黑白画，而不是彩画。黑白自有黑白的神韵，黑白的女子多了些猜不透的神秘。

栋方志功

第一次知道栋方志功，是通过台湾版画家廖修平的《版画艺术》。这本书由台湾雄狮图书出版公司出版，是在香港旺角逛学津书店时的意外收获。虽说是一九八五年出版的旧物，但除了衬纸有些许微黄的霉斑，一切都像全新似的。廖修平对版画一道颇有修为，在这本类似版画圣经的作品中，他几乎穷尽了版画的方方面面，但在众多版画作品和版画作家中，我唯独记住了栋方志功。书中提到栋方志功的那段文字是在《日本现代版画的成长》一节："原来这些受奖的作家如栋方志功、驹井哲郎、斋藤清、滨口阳三、池田满寿夫诸人，起初他们的制作，在日本艺坛上不曾被人重视，倒是先在国际艺坛被外国人发掘而赞赏推出，促成日本国内人士的重新估价而欣赏重视。如此版画艺术才真正立足日本的现代美术界，而逐渐在日本社会扮演重要角色。”由这寥寥数语，栋方志功在日本乃至国际版画界的作用和地位便可略见一斑。不过栋方志功之所以紧紧地吸引住我，主要倒不是因了上面那段文字，而是他的版画本身。篇幅所限，这本书不可能收入栋方太多作品，可仅仅凭了《国如之栏栅》这幅“富有怪谲密度之作”，已经勾摄去了我的魂魄。打那以后，我一直在找寻栋方志功，但好像国内对他鲜有绍介。心愿又是在香港实现。再一次跨过深圳河，第一站就去了油麻地的中华书局，一本《栋方志功——艺术与人生》正在那里静静等我。书是香港三联新刊，原色黄的外封黑墨印着栋方志功的木刻人物。书名取自志功木刻中的题签，刀笔韵味十足。开本阔朗，缝线装订，十分适于展卷观图。作者海上雅臣，东瀛颇负盛名的美术评论家，与志功相遇相知，通过近距离的交往和观察，娓娓道出了这位立志“自建旗鼓”的绝世画痴的艺术与人生。

国画大师齐白石是木匠出身，一般人应该都有听说，而栋方志功年幼时也曾作过铁匠。他的家里开着一间名号为藤屋的铁匠铺子，他的父亲幸吉的手艺有口皆碑，经他锻造的“沾湿的镰刀，将沾湿的日本纸放上，只要轻轻一提，已经纸断痕连”。幸吉希望自己的儿子能够承继家业，所以只读到小学毕业就让他到藤屋学徒，但当他笨拙地轮起二锤时常常心猿意马，总把通红的铁打翻在地。他心中孕育的心志其实是绘画，他立志要成为梵高那样的画家。在他的家乡青森，风筝画非常出名，风筝上画的那些妖娆冶艳的歌舞伎艺人的浮世绘，打小就撩拨着志功的心。与风筝画同样教他绘画的，是睡魔节的灯彩，“把大竹子劈成细条，扎成人形糊上日本纸，用墨汁描线，然后挂蜡，绘花纹，用强烈鲜艳的染料，黄红青紫等各种极端的原色总动员。”志功曾在法院作过五年律师休息室的杂役，他的眼睛自小就严重近视，上班第一天就把揉成一团的烂抹布错认为老鼠，但律师们待他很不错，他就把每月的工资和律师给的小费全部买了颜料和油画笔。最后，律师们为他发起了募捐，送他进京学画，因为蓄志当画家自立，意味着必须进京入选帝展。在东京，志功投靠无门，生活困顿，拜师处处跌碰，帝展连连落选，不免感叹：“沿此路走的人，前行者挡道，后来者滔滔。”可即使遇到再难堪的经历，他都能唤起“等着瞧”的不服输精神，他有着罕有的取之不尽的力量源泉，发誓不入选帝展不回家，就连父丧之时也是如此。一九二八年，他终于如愿以偿入选帝展，渐渐地，他的版画才能开花结果，并以充满日本东北乡土情怀的画风，在世界各地的美术展中连连赢得国际荣誉，一跃而成日本现代美术的代表人物。他的所谓“板画”，自建旗鼓，前所未有，他说：“身为日本人，我认为只有日本原汁原味的作品才见真功夫。我狂想着拥有自己开创的属于自己的世界。”

栋方志功虽然只读了小学，但悟性极高。出外闯荡之初，他曾到京都五条坂的河井宽次郎家中作了四十天的研修，每日听河井宣讲禅宗典籍《碧严录》的故事，使他对佛心这个他力的世界打开了眼界，此后他就大量地以佛经人物和故事入画。《华严谱》《释迦十大弟子》《观音经板画卷》《追开心经颂》，差不多都是组画巨幅，黑白之间，间或彩涂，人物形象充满跃动的生命力，背景余白的蔓草装饰美不胜收。志功有诗云，花中无裳，裳在裳中。画与诗同样有禅机，却又非扑朔迷离，蔓是天国蔓，佛是人间佛。栋方志功的家乡青森市旧称善知鸟村，在中世纪谣曲中有一则《善知鸟》的故事，说的是母鸟把雏鸟藏在连自己也很难找到的砂巢中，她觅食归来时叫“善知”，雏鸟则答“安方”，以告知自己的位置。有一个猎人模仿母鸟的声音捕捉去了雏鸟，母鸟察觉后流着带血的眼泪不停地寻找，她的泪哪怕掉在猎人身上一滴，猎人也会被活活变成幽鬼。美丽动人的善知鸟母子情让志功感激无尽，经过构思，他将这个故事制成了连环画似的二十九图。这种戏画结构的作品栋方还画了许多。秀美之外，又浮着一层与土风相衬的神秘。栋方志功堪称多产画家，但他的每一幅版画却都印数不多，例如《大和秀美板画卷》仅发售约二十套，后世能将全图配齐的应该不出五套，更为遗憾的是，大部分的板木不幸毁于战火。所以，我从来没有产生过一次得到一幅志功版画的念想。念兹在兹的是，能够买到一本志功的画集，就足以令我欢喜了。没想到，这梦想很快就成为了现实。那是我第一次去大栅栏杨梅竹斜街的模范书局，一进店就惊喜地看到了栋方志功的名字。那是一部报纸大小的大书，由于年久已经有些腐朽的瓦楞纸外盒上印着《国际版栋方志功板画大栅》的书名。除去外盒，里面又是一个浅色麻布的盒子，不过品相好了许多。再打开这个盒子，崭新如初的画册就呈现在眼前。护封以志功的黑白版画作底，上端红色大字印着 Munakata，下面一行黄色小字 Japanese Prints Munakata，精装封面的材料是紫色麻布，烫金书名是志功的老师梅原龙三郎手书的汉字“栋方志功板画大栅”。扉页之后是一帧彩色的木刻自画像，正文将志功的代表作悉数收入，卷尾则有志功大张照像多页，还有河北伦明写的《栋方志功の板画》、保田与重郎写的《栋方志功画伯》以及菊地康雄编的《栋方志功年谱》。翻到最后的版权页，我有些不敢相信自己的眼睛，原来这是栋方志功生前亲自编定，由讲谈社于一九七〇年出版的限定版，收藏卡上显示，此版共印三千册，本册编号九八四。更为珍贵的是，收藏卡上还有一枚朱红印鉴，是志功在版画作品上常用的“法眼栋志功”，法眼，是日本古代授予医生、绘师等的称号；栋志功，多半是学江户时代的南宗画家，假充中国式的三字名字吧。还有一个额外之喜是，随书附赠一本同样大小的“英文解说”别册，另外一个纸袋里是附赠的几层折叠的巨幅长卷《大世界の栅》。试探着问问价钱，一听就乐了，这些银两，单买这幅赠画都值。

我集藏的比亚兹莱

喜欢鲁迅或者叶灵凤的，都应当知道比亚兹莱。在他们那个年代，有人也把 Beardsley 译作琵亚词侣。虽说老早就听说过鲁迅攻击叶灵凤“生吞琵亚词侣”那句名言，但亲眼得见比亚兹莱的画作，却是到了三联书店推出叶灵凤的三卷《读书随笔》之后。第一次看到这套书，是在八十年代快结束的时候，还没来得及看叶先生的文章，先就被封面上比亚兹莱的黑白装饰画来了个强烈的视觉震撼。三本书用了三种不同的颜色，分别是酒红、米黄和海蓝，书名之下，各印一幅黑白装饰画，分别是：《维纳斯与唐豪森》《赫洛德的眼睛》《阿赛王的故事》。内文中各辑的题图也用了比亚兹莱的作品，总共八幅，也算得比亚兹莱画作的一次集中展示了。比亚兹莱配叶灵凤，不亚于当年比亚兹莱配王尔德，不能不佩服范用先生大师级的创意。

三两年之后，我去了纽约，行囊中只带了一部书，就是《读书随笔》。我希望客居纽约期间能逢着比亚兹莱，结果真有一些有意思的交集，我早年出版的《纽约寻书》中，有一些零星的记载。一九九三年四月十一日记：“路经师范学院书店，进去买下了久在向往的比亚兹莱书籍插图选集。为伦敦出版，十六开本，其中不少画作已很熟悉。我之买比亚兹莱，除了自己也真心喜欢外，还有一层叶灵凤的作用在内，实在可称作爱屋及乌。叶氏的画风得益于比氏颇多，因此曾招来鲁迅先生‘生吞琵亚词侣、活剥蕗谷虹儿’的讥讽，不过我以为这种模仿没什么不好。何况在当时，由于叶氏的引进，使比亚兹莱深受文艺青年的喜爱。鲁迅先生本人亦很欣赏比氏。”这是我买比亚兹莱的第一次，但当时对于版本情况的著录略有出入，书其实是由 Dover Publications, Inc. 于一九九〇年在纽约出版，书名 *Best Works of Aubrey Beardsley*，共收入插图一百七十幅，卷首并有简短的说明文字。回国之后，学过画的妹妹见了也爱不释手，就借去看了，等还回来时已经面目全非。我又是心疼又不忍发作，直到很多年后从亚马逊重新买来一册，才算平复了这桩旧憾。这其实也是在纽约期间买到的唯一一本比氏画集，有一次在街头旧书摊碰上了更老一些的版本，却因为古怪的洁癖作祟竟致交臂相失，这事见于一九九三年七月二十二日的日记："虽然仍是盛夏，但近几日纽约的天气，却总给人以秋天的感觉。去哥大的这段百老汇的人行道上，这几日旧书摊儿日见其多。一黑人摊儿上有一册《比亚兹莱早期画选》，十六开，厚厚的一册，尽管外面的纸封套有些破损，但布面的精装封面却很完好，索价六元多。但翻到其中一页，却赫然看见一只早已干枯的金黄色昆虫，疑是蟑螂，顿觉恶心，赶忙放下走了。”

旧书虽然没有得手，却在此后不久见到了一批与比亚兹莱有关的珍稀古本，那天是一九九三年八月七日，那真是到现在都难以忘怀的梦幻一刻：“纽约公共图书馆不仅是世界五大学术研究图书馆之一，更具有博物馆的性质。它辟有不少展室，定期展览各种馆藏珍品。正在展示中的，就有‘一八九〇— 一九〇〇英格兰作家’，使我兴奋不已的是，竟在这里见到了由比亚兹莱插图的王尔德《莎乐美》英文版的最初版本。早就熟悉了比氏的那些奇特的黑白装饰画，现在得睹真容，真是恍如梦中。也见到了由比氏担任美术编辑的《黄面志》的最初四期，还有另一种由他作插图的著名杂志 *The Savoy*。《黄面志》的封面果真是黄色，*The Savoy* 的开本却比前者整整大出一倍。叶芝的诗集《心愿之地》亦由比氏设计。另外一位短命的英国作家道生，亦是我久已仰慕的，这里则陈列着他的手稿，和几种著作的最初版本。他和比亚兹莱都属于《黄面志》的一群，所以他的诗集和剧本，亦由比亚兹莱绘制插图。这些文学珍品均由美国学者伯格捐赠，隔壁的伯格专室中就悬挂着他的肖像。”

回国以后，比亚兹莱已渐为国人认识，有关他的书坊间也陆续出现了几本。其中较早的一本是安徽美术出版社出版的韦君琳编《比亚兹莱黑白装饰画选》。这本书有些粗制滥造，具体体现在这样几个方面：第一，没有版次和出版年月，只是从编者题记落款的“丁卯年除夕”，考证出编成是在一九八七年，是不是当年就出版了，也是个疑问。第二，书名混乱。扉页上钱君匋先生的题签和正文中作者的题记都是《比亚兹莱装饰画选集》，封面和版权页则成了《比亚兹莱黑白装饰画选》。第三，错字连篇。画集本就没有太多文字，但就是这寥寥几页文字也是错讹百出，最不能忍受的是把比亚兹莱的英文姓氏拼写成莫名其妙的 Beardsier。第四，版式毫无美感。要么一张画顶天立地，要么五六张画挤满一页，再加上制版模糊，不由得让人生出盗版书的感觉。不过编者韦君琳倒是真喜欢比亚兹莱，她说她从七十年代起就广集资料，着手研究这位英国画家。但她提到的资料，也不过两种：一是一九二九年鲁迅编辑朝华社印行的《比亚兹莱画选》，二是一九五六年张望编辽宁画报社出版的《比亚兹莱画集》。前一种当然不可能再得到了，后一种只印三千册，六十年后的今天怕也是可遇而不可求，幸运的是我竟然遇到也求到了。幸运之地是鲁博书店，那天一边跟董老板聊着天，一边随意地拿起一本塑纸包裹的软软的旧书，一看竟是《比亚兹莱画集》，顿时一激灵。董老板说："这是我们鲁博一位老先生在海王邨发现的，他总是把别处淘到的好书搬回我们店里。"尽管标价五百，我也觉着值，就乐呵呵买下了。这可能是"文革"前中国大陆出版的唯一一本比亚兹莱，那个年代也能出版这么颓废的画儿，想必是沾了鲁迅的光——凡是旗手喜欢的，我们都要喜欢。

国内出版的比亚兹莱著作中，以新星出版社的《比亚兹莱：最后的通信》为最具价值，这可能是唯一一本文字多于图画的书，更何况这文字还是出于比亚兹莱本人之手。鲁迅说过："视为一个纯然的装饰艺术家，比亚兹莱是无匹的。""没有一个艺术家，作黑白画的艺术家，获得比他更为普遍的名誉；也没有一个艺术家影响现代艺术如他这样的广阔。"不可思议的是，他的全部天才的创作，只完成于短暂的五六年时间。他二十岁成为职业画家，二十六岁就因肺病而英年早逝。本书收入的一百八十余封通信，就是他在生命的最后数年于病魔的折磨之下所留下的遗世孤稿。其实比亚兹莱七岁的时候就有了肺病的征兆，也许是预感到自己寿命不长，他没有选择油画的形式，而是以简练的黑白装饰画来发挥自己绘画方面的才能。十九岁那年，凭借着为《亚瑟王之死》

创作的一组插图，他初露锋芒。此后，应邀为王尔德小说《莎乐美》英文版创作插画，那种富有装饰意味的黑白线条所表现出的神秘感像魔法一样吸引了世人的眼球，就连王尔德本人也不无醋意地说：“我的文字已经沦为比亚兹莱插画的插画。”比亚兹莱达到事业的巅峰，是在一八九四年，出版商莱恩创办了《黄面志》，并请比亚兹莱担任这个杂志的美编，甫一出版，立刻引起轰动。然而杂志只出了四期，比亚兹莱的噩运就急速到来，事件的起因又是与王尔德相关。一八九五年，王尔德因“妨害风化”罪名被捕，次日报纸上就出现了一个大标题：“王尔德被捕，腋下夹着一册《黄面志》”，满嘴“仁义道德”的人们立时把矛头指向了专在《黄面志》上画“淫画”的比亚兹莱，他们向莱恩的办公室投掷石块，迫使他解雇比亚兹莱，并撤换了比亚兹莱的所有插图。事后才知道，媒体摆了个大乌龙，王尔德腋下其实是一本法国小说，只不过封面也是黄色罢了。

虽然另一位出版商史密瑟斯伸出援手，支持比亚兹莱创办了另一份杂志 *The Savoy*，以此为阵地他也继续创作出一批重要作品，但《黄面志》事件对他的打击是沉重的，使得他的肺病旧疾复发。英国的潮湿气候非常不利于他的恢复，人情的冷暖也让他心灰意冷，于是他在一八九七年移居法国南部，最后死于芒通的一家小旅馆。这些通信就是他生命的最后几年向朋友们的心灵倾诉，篇幅都很简短，因为他常常连执笔的力气都没有，他为喜剧《沃尔波尼》绘制的插图，就是在卧床的情况下完成。“很沮丧，很害怕”，是他对自己病情的真实反映，他甚至很清醒自己恐怕已经来日无多。病痛孤寂之中，他的唯一乐趣是读书，当他打开朋友寄来的一小包书，会像儿时收到圣诞礼物一样欣喜，迫不及待地想要阅读，正如他在信里说的：“书店和打印店是我永不枯竭的快乐源泉。”这本书的末尾，写的是比亚兹莱一八九八年三月十六日那天死去时的情形，而我读到这里，惊奇地发现我读书的此刻恰是比亚兹莱的忌日。这种巧合不是第一次，那一年我写完《叶灵凤传》的最后一个字，郑重地署上了十一月二十三日，事后才发觉，叶灵凤正是在这一天病逝于香港的养和医院。

大陆版的比亚兹莱，最优美的还要属那本《比亚兹莱的异色世界》，但它严格讲不算一本书，而是读库笔记本系列中的一种。这个系列已经推出了几十本，每一本以一个画家或一本书的插图为主题，几页白纸之间穿插一幅图画，卷首一般请权威专家撰写一篇关于这位画家这些画作的介绍文字。懂书懂插图的汪家明就负责过好几本，他的这些文字和他所介绍的画作就构成了《难忘的书与插图》一书的主干。读库笔记本系列中外兼收，中国的我是挑着买，外国的则是见一本收一本，因为每一本都让人真心喜欢。我买过的这些外国题材的包括：《瓦尔登湖》《巴黎圣母院》《大卫·考坡菲》《傲慢与偏见》《带阁楼的房子》《卡拉马佐夫兄弟》等，不仅这些原著是我青春年代起就追捧的文学经典，那些老插图更让人止不住地怀旧。尤其喜欢的，是肯特的《历险者》、竹久梦二的《晚春感伤》、马约尔的《牧歌·农事诗》、麦绥莱勒的《没有字的故事》，当然还有《比亚兹莱的异色世界》。这些笔记本都是同样的十六开大小，布面精装，但每一本使用一种不同的颜色。单独拿起一本看就美得不得了，若是叠放到一起，更是蔚成大观。张立宪说，笔记本系列做得比书还精心。这话绝对不是妄言，我也确实是把它们当作最美的书来珍爱的。

《比亚兹莱的异色世界》编号〇一，由此也可看出它在出品人心目中的地位。这一本的编者是吴兴文，他不仅贡献了自己的珍贵私藏，还为每一幅插画撰写了简洁的说明，卷首那篇《莎乐美、比亚兹莱与上世纪二三十年代作家》，更见出他文雅的爱好和不俗的视域。鲁迅、叶灵凤、梁实秋、田汉、郭沫若、郁达夫、邵洵美……这么多响当当的名字都或深或浅地卷入到由比亚兹莱而引发的恩恩怨怨当中，这当中的撕撕扯扯若是那位敏感文弱的短命天才知道都是因他而起，不咯一顿血怕是无法收场。当然这都是笑谈，要说说的是那位吴兴文，他也是个超级的书物迷恋者。本来生活在中国台湾，为了淘书方便，索性移居大陆，每日里和潘家园那几个职业书虫混在一起。吴兴文的专长是藏书票收藏与研究，我最初买到的几本藏书票读物，都是他的著述。他历年积攒的书票据说过万，当中引以为傲的就包括比亚兹莱的作品。他曾从爱尔兰都柏林的Cathach书店买到比亚兹莱为玻利特和卡斯坦斯设计的两款藏书票，这两款差不多是仅见的比氏书票，我从香港买的一本藏书票选集中也有收入，不过人家吴兴文的毕竟是真品。

像我这样执着地搜藏比亚兹莱的人好像也不少，上海的赵武平就是一个。他曾在《人如其读》一书中描写他在法兰克福冷摊上买到绝版比亚兹莱的经历："刚刚看过两个摊位，就在第三个摊主面前的书堆里，拣出了在以色列印制的绝版《比亚兹莱画集》。赶上贩书老人亲切随和，加上五欧元的索价也算公道，于是我的比亚兹莱家族就又添丁了。"读到此处，惹得我也是心痒难耐。于推介竹久梦二有功的刘柠，似乎同时也爱着比亚兹莱。他常常行走东京，那里有神保町、早稻田、本乡三大旧书店街，遇到比亚兹莱应当是再普通不过的事。在他的新著《东京文艺散策》中，就写到他与比亚兹莱相遇的一段囧事："没想到更大的挫折还在后面：比亚兹莱初版印刷的一套木刻，标价仅十六万日元，按说确实不能算贵。我在台前把玩了约二十五分钟，边把玩边向老板提问，直到把所有细节都问到底掉之后，一咬牙，放下画，'绝尘而去'——我感到了脖梗后面老板惊愕的目光。"我去过一次东京，但只逛过本乡三丁目的几家旧书店，刘柠相遇比亚兹莱的神保町没有走到，我想即使走到了恰巧碰上了，一问价钱，最后的结局也不免会是“绝尘而去”。

这几年香港去得多，每次逛书店，眼睛总会瞪得大大的，生怕把比亚兹莱错过。说起来，收获还是蛮多，总共淘到三本。其中两本是台版，一为《比亚兹莱的插画世界》，一为《你不可不知道的伟大插画家比亚兹莱》，由于是不同时期买的，后来两本书放到一起，才发现不仅作者是同一人，内容乃至版式也完全相同，只是换了书名和封面，出版商也由高谈文化转到了信实文化。对于这番乌龙，我倒也没有丝毫的愠怒。这本书的特点是，结合比亚兹莱的画作，讲述画中所表现的故事，《亚瑟王之死》啊，《莎乐美》啊，《尼贝龙根的指环》啊，《莉希翠塔》啊，读过之后，极大地加深了对于插画的理解。在香港收获的第三本，则是一部英文版的比亚兹莱传记。那天从中环渡海去大屿山，目标直指梅窝的英文旧书店 Imprint Bookshops，店里有很多英文初版书，其中还有一本艾略特诗集《荒原》的初版，但我一眼瞅见的却是那本比亚兹莱传记。书名 *Aubrey Beardley*：*A Biography*，作者是 Matthew Sturgis，由伦敦的 Harper Collins Publishers 于一九九八年出版，这一年正好是比亚兹莱逝世一百周年。书的厚度超过了四百页，装帧方面很有比氏风格，护封黑白两色印刷，四周围绕着比氏花边，中间则是比氏的肖像照。前后环衬用的是《黄面志》那种黄色，三笔曲线勾勒出一幅简约而典雅的图案，一看便知借用的是比亚兹莱为道生《诗篇》所做的封面设计。

有趣的是，有一天我也和赵武平一样来到了德国，并且也淘到了德文版的比亚兹莱画集。那是德国的最后一站了，在小城明斯特一个教堂对面的旧书店，我和翻译赵阳一进门就跟人要有版画有插图的书，临时帮店主看店的那位中年男人业务并不很熟，在他一阵忙活之时，我一眼瞥见靠近窗台的地方有一本比亚兹莱，我怕他加价，故意掩饰住异常亢奋的心情，最后时刻才冷冷地问他这本书的价钱，他要十五欧，赵阳又跟他砍下来两欧半，结完账出了门我才敢高声大笑。这书是一九四九年在汉堡印行的版本，加长十六开精装，共收画作九十六幅，卷首有一篇德文写成的比亚兹莱生平作品介绍。整个书保存还好，只是书背的包布上下两头有些破损。

一九四九年，按说够古够老了，可你不知道，我的镇宅之宝比这还早了四十来年。这是两大册十六开毛边精装画集，一为 *The Early Work of Aubrey Beardsley*，一为 *The Later Work of Aubrey Beardsley*，初版时间是比亚兹莱去世的次年，也就是一八九九年，我得到的是一九一一年的重印本。书是从伦敦查令十字路的旧书店 Henry Pordes Books 买来，不过不是我亲去，而是妹妹的同学芬帮我淘的。那是一个子夜，我正在理书，手机突然响了，芬说马上要去机场了，这套书要不要须马上决定。我看了她发来的书影，说：焉有不要之理。

西弗琳

受了董桥的蛊惑而迷上情色藏书票作家西弗琳的，正不知有几多人。以藏书票为生，又收又藏又卖又写的子安，在他的《藏书票之爱》一书中就坦承："我真正开始收藏塞维林的藏书票是读完董桥先生的一篇小品文之后。"塞维林和西弗琳是同一人，都是 Mark Severin 的译名，北京嘉德拍卖会的藏书票专场还另有一个"泽韦林"的译法，他们印的拍卖图录里说："泽韦林是董桥推崇的藏书票作者。"不无拉大旗作虎皮的嫌疑，也可看作是对董桥影响力的一次权威肯定。但我总是觉着，三个译名中顶属"西弗琳"最有味道。子安虽说不用董版译名，但他对西弗琳的一番解读倒是很解风情："这个音译阴柔妩媚，女性味更足，与画家春宫图中的各样女体、少妇，以及'魂魄出离、春梦荡漾'的阴柔情味恰好对口。"

董桥写西弗琳的那篇小品是《绝色》，这篇文章同时也作了书名，可见他对这篇文章，也包括对西弗琳是如何重视。《绝色》这书在董桥文集中是我最喜欢的，所以藏有广西师大和牛津香港两个版本。后者的装帧最好，袖珍开本，真皮封面，烫金花饰，每一篇文章的开头插一幅彩印书影，大多是英伦访书得来的珍品，董桥说："我书房里那些漂亮的皮装老书倒是我永远依恋的绝色。"他同样永远依恋同样视如绝色的还有藏书票，那可是皮装老书的绝配。第一次将这小玩意过足眼瘾，还是在七十年代的巴黎，旧书店外面的巷弄里栗子树开满小花。从巴黎回到伦敦他就更喜欢玩藏书票了，玩着玩着就迷上了西弗琳。那是七十年代中叶，伦敦一位相熟的画商给他看了两款西弗琳的画作，他是又惊喜又迷惘。惊喜之处不遑细表，迷惘的是，他想买，他不卖。

到了《绝色》，乾坤大挪移，换成了别人要买，董桥卖不卖的问题。上一年在威尼斯结识的意大利老先生，打听到他的私藏，就向他展开了温柔攻势："看在威尼斯 Piazza San Marco 的鸽子份上，你愿意卖一两张草图给我吗？"董桥倒是有西弗琳的书票七八十款，那几张草图，还是老书商威尔逊一张张烫平贴稳，分两三次从伦敦空邮给他，他可不想卖。"看在 Piazza San Marco 那几个午后秋阳下的闲谈，我会奉送一张草图给你存念！"他说。电话那一头老先生的笑声像威尼斯河上的桨声，清爽，放肆，绵长："我不会白拿，翻箱倒笼也要找出一款意大利名家画的春画藏书票送给你高兴！"

不消说，《绝色》也吊足了我对西弗琳的胃口。但我先对西弗琳产生印象，却不是通过董桥，而是吴兴文。这位宝岛藏书票大家，世纪之交前后在大陆颇出了几种有关藏书票的书，那也是我的藏书票知识的启蒙读物。在《我的藏书票之旅》中，有一篇《艾略特的〈荒原〉》，介绍的那款裸女书票，就是出自西弗琳之手。裸露着匀称酮体的仕女，抬起双臂抚滑自己的秀发，身后是对比强烈的黑色，和几枝薰衣草模样的花饰，整个画面饱含了情色的张力，使我立刻记住了作者的名字。后来在方家胡同认识了开藏书票小店的子安，开口就问有没有西弗琳，有没有那张 Nude With Raised Arms，他说还真曾有过，不巧的是刚刚出手。不过后来子安还是快递给我两张西弗琳的其他作品，我既过了聊备一格的瘾，也没再想继续扩大战果。

不想继续扩大战果，首要的一点当然是心长钱短，不能不在意那每款几十英镑的花费。此外的一个因素是买书票总没有买书那么有感觉，零零碎碎的几张，藏到什么地方有时都搞忘记了。所以我买藏书票的书总体多过买藏书票。

也许是子安看透了我的心思，有一天来信说，西弗琳的儿子 Geoffrey 新近替他爸编印了一本作品全集，问我想不想订购。没过几天书就到了，精装一大册，收入了西弗琳全部四百九十八件作品。书的出版商是 Yestoday，也不清楚是在比利时还是在哪个国度，反正书里的文字是左法右英。Geoffrey 在卷首的献词中说，一直就有替他老爸写一本传记的念想，趁着这次出书就以一篇 Introduction 替代了。文中插入了不少老照片，西弗琳的妻子 Nina 跟书票中的仕女像极了，不禁想起威尔逊给董桥的信里写的那句话："美丽的妻子 Nina 尽管老了还很明艳，意态淡淡流露西弗琳画里仕女的遗韵。"

有关西弗琳的生平和创作，Geoffrey 所述颇为周详，我再去努力译述怕也赶不上董桥那段文字精练传神，索性照直抄录："西弗琳一九〇六年生，一九八七年殁。比利时人，旅居英国多年，中岁寄寓布鲁塞尔乡郊，在安特卫普 Institut

Superieur Beaux Arts 当过教授。这位艺术家艺术灵感真是无穷，一九四〇年代开始创作藏书票，一生完成四五百款精品，网线铜版雕刻画和蚀刻画居多，春情题材是拿手，仕女玲珑，姿色妩媚，刻画毛发功力尤其非凡，背景树林、海洋、庭院、闺房、书斋也非常讲究，丝丝扣入人物的意态之中；性爱作品更是依靠阴媚的浓情渲染阳刚的勃发，西欧艺评家说那是西弗琳独步的本事。”

春画这种东西早先在中国也有，历来就颇受书痴们的青睐，料想最初还是有一些实用目的，比如清末民初湖南的麻脸藏书家叶德辉，就喜欢在珍藏的图书中夹入一两张春宫画片，其友陈子展傻傻地问他何故，就显得有些不符学问家的身份，因为一般人都该知道，藏书人家最忌惮的是火，而春宫画恰恰就有避火的功用。传说火神原本是个小姐，光服侍她的丫鬟就有三十六位之众。后来被玉皇大帝贬为灶下婢，脾性就变得急躁易怒。平时穿黄色衣衫，一发威穿起红衣来便会引起火灾。但她毕竟出身闺阁，盛怒之时若看到这等画片，也不禁害羞地急急避开。实际上，春画能够避火，终究只是个传说，要不然消防队也不用云梯水枪了，专去各处散发春画便是，所以慢慢地，集藏春画也就演变为天下书痴的一样雅好而已。董桥的《藏书家的心事》有一大段探讨过这个问题，他说："西方仕女图藏书票上画的女人，漂亮不必说，大半还带有几分媚荡或者幽怨的神情，仕女身边偶有几本书，流露出藏书家心里要的是什么。这当然又是后花园幽会的心态在作祟！"

藏书票确也离不开藏书家。顾名思义，藏书票乃是藏书家私人藏书的一个票记，这功能就如同我们的藏书印是一个道理。藏书票作者一般是应人之请为其设计，票面上一般会在拉丁文 Ex Libris（我的藏书）之后刻上票主的名字，所以收藏一件藏书票，不光要知道作者是谁，通常还会注意票主信息，票主是名人的自然更具价值。至于制作这款书票使用的是何种技法、票面的主题是什么，乃至最初的印数、作者的画押，一般藏书票图集中都会涉及。我买的这本 *Mark Severin Ex Libris*，就在卷末列表说明了前述各种信息。我查了一下，我从子安那里买到的两款都有著录，一款编号 172a，画题是 *Woman Undressing–Spied Upon By 2 Old Men*，画的是一位仕女正在池塘边宽衣，树丛后面两个偷窥的老头鬼鬼祟祟地露出半啦脑壳，创作于一九六二年，票主是 Santagiuliana。另一款编号 332，画题是 *Undressed Woman*，创作于一九七七年，票主是 David Chambers。一件正在脱衣，一件已经脱衣，但那尺度大抵还维持在《荒原》那样一个水平，及至全部浏览一过，才发现大半都是超乎尺度的赤裸裸之作，如此直白的场景，看完一遍竟有些起腻的感觉。心说果真需要效法先人，将它们压到箱底了。也不是否认自己没有一丝猎奇的心理，但也只会偶一为之，那些描摹大自然和书斋趣味的题材毕竟更耐看。

当中有一款 *Book Gallary in the 19th Century*，就很喜欢，虽然也画仕女，但那仕女少了些许媚荡，多了几许书香，亭亭玉立在插架琳琅的书店，像极了董桥笔下那位红颜书友李侬。

我的 Eric Gill

把两本书稿最终整理停当，拷进移动硬盘，乘着夜色奔去凌点排版工作室，菊萍打开电脑，像往常那样拉一把折叠椅让我并排坐下，我却发现，盘没带上！立刻陷入无以排解的沮丧。沮丧也无济于事了，就想跟菊萍说说 Gill Sans，见菊萍一脸茫然，少不了先要解释一番：艾立克·吉尔（Eric Gill）是我近期非常着迷的一位英伦版画家，要不是念旧，甚至都有取代比亚兹莱的趋势。他是个艺术上的多面手，但我首先喜欢的，还是他的木刻。木刻是所谓黑白的艺术，但也常见一些作品混沌一团，而吉尔的木刻黑是黑白是白，爽快极了，加之他善用宗教题材入画，那份神秘魅惑无以言表。吉尔不光版画做得妖媚，还倾其一生狂热地热衷字体设计，Gill Sans 就是他在一九二八年设计出的一种英文字体，可以说一炮走红。我买过一本书，书名就叫 *I Love Gill Sans*，书里收纳了许许多多 Gill Sans 的应用案例，这当中就包括第一本企鹅丛书的封面。菊萍在字库中一搜，还真有，打出几行字，我俩都夸好看，合计着这次的新书，正文中的英文就用 Gill Sans 了。

活是干不成了，回到家就闲翻书，翻的是吴兴文的《我的藏书票之旅》，目的就是找找有没有 Eric Gill，竟然真有。不仅有，从《我的“吉尔”》这个标题来看，吉尔也是吴兴文的最爱。他曾经在诚品书店竞拍吉尔绘饰的《坎特伯雷故事集》而不得，为此一直萦绕于怀。说到吉尔木刻的迷人处，吴兴文说：“我欣赏他将雕塑的功夫运用在木刻上，使得他的作品富有一种高雅的古拙趣味，线条流利干净，什么地方应该保留，什么地方应该如何处置，都经过有条不紊的安排，即使要铲去的空白部分，他也一刀一刀刻得十分有规律。”吉尔的藏书票不太好寻，甚至托到了英伦的大藏家威尔逊，也是没辙，但执着的吴兴文最终还是觅得了两款。另一位藏书票收藏大家子安，也介绍过吉尔，有一天我试探着问他可有吉尔的藏书票出手，他竟然发来几款，其中一款曾经见于英人马丁·霍普金森编著的《藏书票的故事》，画的是《罗摩衍那》故事中罗摩的妻子悉达拥抱金鹿的场景，我很喜欢，但报价之后还是有些犹豫不定。

吴兴文的另一本书《我的藏书票世界》，也收入了吉尔的一款藏书票，这一款是 Gill 一九三五年根据圣经故事创作的夏娃与蛇，黑白对比强烈的构图，婀娜多姿的裸女形体，就连黑色背景中的花草，都像极了西弗琳为艾略特创作的那款《荒原》，只不过一个正面一个侧面，Gill 的夏娃眉目也更漂亮些而已。西弗琳创作时间在后，应该不排除受了吉尔的影响。吴兴文说 Gill："他的裸女作品，表面上看来含蓄，而且不流于猥亵，但是却隐藏着情色的张力。"这也倒像 Gill 自己的生活状态，虽说他的木刻无可挑剔，但他的私生活却令人不齿，他的日记一曝光，几乎震惊了整个英伦。不晓得艺术上的怪才生活上是否都是这样惊世骇俗。

吴兴文真有好票，不只是 Gill，他连埃舍尔和比亚兹莱都有，马蒂斯毕加索恨不能也有。吴兴文为这些好票所配的文字也同样好，他"原来为了书满为患，拟以轻薄短小的藏书票，来代替砖头式的图书，没想到为了解开藏书票的人文与艺术内涵，反而买了更多的书"，虽然依旧摆脱不了书物之累，但唯其如此，也才有了这种近似于书话的随笔。就这样文图对照着闲看，不一会儿竟发现了一个破绽："书人一票"和"我的最爱"这两辑的图文恰好弄颠倒了。前者的配图是比亚兹莱为《珍本图书目录》设计的封面，说明文字却是："叶灵凤为麦绥莱勒《光明的追求》写序，编号十五号的这幅图和他《书痴》描写的那幅画，有异曲同工之妙。"后者的配图是麦绥莱勒的十五号插图，说明文字却是："比亚兹莱为《珍本图书目录》设计的封面。"这么明显的乌龙实在不该出现。

理想的书店

理想的书店，不应该开在又大又蠢的大卖场里，而应该静静地深藏在一条窄窄的老街，最好那里的地势是个并不太陡的半坡，当你从一条小街拾级而上，几步就置身在头顶上的另一条小街，瞬时感到它更为老旧，而树荫能遮住半边街的老树，看上去比这条街还要年长，树干那么沧桑，树叶却嫩得像初春的新芽。一片葱绿中，忽地发现一块红色招牌，手写的英文字能够依稀认得是一家古董书店，专营以远东为主题的英文法文稀见旧书档案，还有旧书旧刊中剪下的版画。轻轻推门进去，两架略显老旧的硬皮书满满地遮住视线，再往里拐，才看到高高个子的白人店主埋首整理着书物。店里一直就只这两个人，一个只顾理他的书，一个蹲下站起，翻书看画。时间静流，静得如水。那条街叫荷李活道，在半山上蜿蜒，蜿蜒得一如望不透的人生。

其实到了这时光，再理想的书店也难淘到理想的书了。在不太久的过去，满大街可能还都是艳遇呢。且说离荷里活不远的庄士敦，也有旧书店，有一天董桥就在那旧书店里看到摆着一套齐全的《黄面志》，可那时的董桥还不富足，面对这样的艳遇，也是徒流口水而已，“问都不敢问价钱”。董桥还说过，英国人 Christopher Bailey 在中环太子大厦开了一家 Picture This 新店，卖老地图老版画老电影海报，还有两三架子的老英文书，不少初版绝版的惊喜。这也不知道说的是哪个年代的事。在香港，很多书店，今儿开了，明儿又关了，你若照着书上说的地址去，一准儿会扑空。荷里活道的这家古董书店，对于我实在是误打误撞的偶遇。

土瓜湾

不到香港，真难理解什么是沧海桑田。去年住在大角咀的时候，睡梦里常常依稀听到拍岸的涛声，依稀看见片片的帆影，因为曾听人说，几十年前，这里还是一片海水。城市变化原是永恒，人寰转变原是平常。便爱搜集这个城市的老照片，愿意追寻人寰转变前这个城市的旧时模样。直到遇见江启明的那本《香港·旧事重提》，更迷恋上这位土生土长的老香港，他用他几十年不秃的画笔，将他一日千里的城市已经消失即将消失终将消失的街景故事演绎成永不消失的历史。

今年再去，承蒙侯明先生安排入住香港三联设在土瓜湾的招待公寓，则又体会了一次桑田沧海的况味。闲翻杂书，才知道土瓜湾地名的来历也伴着老香港的一段掌故。“二战”之前，这里还只有荒芜的山丘，港英政府就把患有梅毒的人们赶到这里任其自生自灭，这些人为了生存，就将满山坡到处种满土瓜，由此土瓜湾也就成了这个荒僻海角的地名。侯明先生说，土瓜湾如今餐馆林立，就是没什么书店，只在楼下有一家南方书店。连日早出晚归去学校，也没留意。

离开香港的头一天，午后早早回寓，楼下就看见了那间两个门脸儿大的南方书店。隔门一瞅，看见的先是文具杂货，因此对门楣上大字书写的“创始于一九四八年”险些哑然失笑。进去把一墙书架一扫，果然平淡无奇。谁又能想到，走到最里面的末尾，突然发现一本江启明的画集《香港写生》，看看版权页，竟是香港新文书店一九七一年出版的旧物，而且仅售二十港币！又见一册同时期出版的江启明的《生活速写》，也是二十港币，真是兴奋得无以名状，暗叹与江老先生的缘分真的不浅。赶快找店员问这类旧物是否还有，他连说再无其他。可我不死心，硬是挖出一册南方书店自己出版的《老人与海》，只卖一个港币！版权页虽然没有显示出版年月，但从那风格分析，也该是一九七〇年代初的出品，那时，南方书店的店址还在谭公道三十号，应该还是兼具出版卖书的经营模式，而从店名分析，也许是由广州迁港，也未可知。书缘就是这么不经意，又分明早已命中注定。

澳门：边度有书

澳门这样一个功利主义的小城，本土文化料难发达。记着读过一篇澳门报业前贤李鹏翥先生的文章，说上世纪五十年代《澳门日报》创刊那会儿，文艺版全指着香港著名报人严庆澍（也就是写了《金陵春梦》的唐人）惠赐小说以撑门面。有一次唐人渡海来澳，李鹏翥少不了奉上地主之谊，曾陪他走过西湾，看云水茫茫的风光；走过莲峰庙，看林则徐、沈米的遗迹；走过观音堂，看中美条约签订的故址；走过大三巴，看日本和中国工匠的建筑艺术；也去过赌场和狗场，看烟雾弥漫的气氛和赌徒发红的眼睛。这一走，澳门的风光差不多也就尽收眼底了，唯独不见他们去逛书店。

有一天一位年轻的书友要去澳门，行前向我打听澳门的书情，我哪里有什么概念，上网一搜，见旅友们议论最多的是边度有书，地址在议事亭前地三十一号永兴大厦一楼A座。朋友略通粤语，一听哈哈大笑：“边度有书，粤语里的意思正是‘哪里有书’，澳门真的有书吗？”隔天午后书友的微信就来了，说已经在议事亭前地踩着碎石路绕了三匝，不仅找不到什么边度有书，就是那永兴大厦，也一直不见踪影。倒是路遇一家圣保禄书局，卖的全是看不懂的宗教书籍，就连收银的店员也是一位叽里呱啦说葡语的洋修女。还有一家葡文书局，规模倒行，可那葡文，便是老兄你来了怕也如读天书。我这厢正寻思那永兴大厦是不是给拆了，那边却传来一段急促的语音：“找到了找到了！什么永兴大厦，只不过是一栋老屋的一个单元而已。我从这儿走来过去好几次，一直熟视无睹，因为压根儿就没认为这是大厦！”

无论如何，边度有书总是扑到了。朋友说，书店很小，但格调还算雅致，一个女孩看店，一只肥猫则在茶几和窗台之间上蹿下跳。墨绿的百叶窗推开，慵懒的阳光便被一阵微风吹了进来。我说你别忙着抒情快看看有没有什么澳门特有的书，他看完一遭说："基本都是港版书，就跟旺角的二楼书店一样一样。不过有一套书尽管也是港版，说的却是澳门，这就是香港三联推出的澳门知识丛书，有二十来种呢，当中那本《澳门古籍藏书》料你喜欢。"少顷，微信又来了，语气明显兴奋："发现一套澳门文学丛书！"我赶忙央他翻翻有没合我口味的，他说有一本李成俊的《待旦集》，竟然写到了叶灵凤！后来他真把这书给我买回来了，里里外外翻了一遍，发现书虽由内地的作家出版社出版，定价却是澳门币，看来是专为澳门读者量身定制。作者李成俊，广东新会人，年轻时参加过抗日游击队，一九五八年创办了《澳门日报》，几十年间倒也笔耕不辍。

他在那篇《叶灵凤和曹聚仁》里说，他和曹聚仁曾经有缘面晤，与叶灵凤却只有过一次间接通信。那是一九七〇年底，他读了叶灵凤的新书《晚晴杂记》之后，认为叶灵凤书中赞赏的历史小说《六十年的变迁》，其中有些观点值得商榷，就给香港出版界的友人写信谈起，不料隔了几天，朋友有信来，说叶灵凤看过了他的信，表示自己过去对李六如这本小说的看法确有错误，准备再版时订正。李成俊感慨："叶灵凤这种虚心听取不同意见的精神，使我感动，我觉得他的体力虽然衰老，但思想感情仍然年轻。"查叶灵凤先生的日记，一九六七年三月，黄茅曾约他去澳门一行，后又决定不去了。叶灵凤说："我还是在一九三〇年前后第一次南来时，曾去过澳门一次，住了一夜，一直至今不曾再去过。"

《待旦集》中，有价值的文章不只这一篇，另一篇《星光书店·人民画报·潘静安》，完全可以视为澳门本地书店的发展简史。文章说："清末民初，本澳只有一家五经堂，售卖木版石印线装书和历书‘通胜’之类，还有一家宝文楼，代销葡文《宪报》、西式文具等；后来营地街有几家如中山、右文等专供教科书和文具的挂名‘书店’。”抗战前夕，爱国人士陈少陵从日本回澳，在板樟堂街开办小小书店，成为本澳第一间供应新文艺书刊的书店。太平洋战争爆发后，小小书店结业，转移到桂林的陈少陵也在日军轰炸之下不幸身亡。战后的一九四六年，板樟堂街又有了一家惠记书店，据说是由一群文艺青年合股而成，主要代理香港《正报》《华商报》以及内地《新华日报》等，也贩卖一些旧书，因其色彩偏红，屡遭澳葡当局刁难，开业只半年即告流产。李成俊说，本澳持续时间最长的书店，当属一九五六年元旦在板樟堂街国华戏院附近开业的星光书店，“五十五年，四次搬迁，筚路蓝缕，铸造辉煌，在澳门书业史上树立丰碑”。我问书友：“可曾去访星光？”书友颔首：“我正是在边度有书看了《待旦集》的介绍，才去四下寻找，一直找到了白马行。那地方离大三巴不远，是一个坡地上的窄巷，在一片林木青翠之中，星光书店的黄色招牌格外亮眼。”书友还说，星光的店铺在街角，不过它又把隔着一家的门面盘了下来，以扩充营业面积。我说，果然是“十字门中拥异货，莲花座里堆奇珍”，小小的澳门，竟也是书香不绝。

梦京都

唯一的一次京都之旅，只有大半天时间。是在一个盛夏，由大阪出发前往那里。大阪离京都很近，这两个城市再加上神户，是被统称为京阪神的。但没料到这短短的路途却颇费了一番周折，问题的起因是，我们乘坐的大巴上路没多远就不幸抛锚了。我们被临时安顿在一个服务区等待修车，正在逛一家小超市时通知来了，说要改坐新干线，于是一干人等被塞进三辆计程车奔车站而去。好在新干线非常方便，就跟我们坐地铁似的，随到随上，赶上哪趟是哪趟。对面坐的是日本法务省给我们安排的女教官，模样很清秀但我把名字忘了，她那天把一双儿女也带上了，娘三个一色地穿着和服。我说何以今天如此隆重，她答：现在京都正是祇园祭，这样一个大节日当然要盛装。接着就把祇园祭的来历给我略述一二。传说一千多年前的平安时代，日本瘟疫流行，夺去了很多生命。人们认为这是一个叫牛头天王的鬼神在作祟，就用六十六根棍子建造了神轿，游街祈祷，终使事态得以好转。这次神事活动叫作祇园御灵会，以后就逐步演变为祇园祭。祇园祭在每年的七月举行，前后差不多要持续一个月，今天恰好是一个高潮，满大街都会是花车华伞的巡游。出了京都车站，日方陪同人员直接领我们来到祇园祭的核心地带，大街小巷果然彩车林立，人满为患，东走西看整整耗去半天时间，热闹当中，我的心里却是落寞异常，鸭川两岸那么多迷人的书店，我却眼睁睁地不能去逛。

想起这段往事，是因了在读《只能在京都遇见的二十三间书店》。读书的心情很复杂，既勾起了那次京都之行的无尽遗憾，同时也觉得，如此隔空卧游、画饼充饥，倒也能抚慰一番受伤的心灵。书由日本的玄光社编著，台湾蔚蓝文化翻译出版，卷首有多篇台湾独立书店人的推荐文章。二十三间书店，大体分成六类：邂逅某些新事物的书店，舒适快意的书店，老板性格鲜明的书店，了解、感受更深的书店，琢磨美感的书店，徜徉心灵的书店。其实这种划分也未见得科学，这六种特性，几乎每一家书店大略都会兼备。图文并茂地看下来，给我印象最深的，还是日本人对于书店陈设布置的精细用心，一如他们对待任何事物，永远都在秉持一种近乎执着的“耽美”态度。Not Pillar Books，京都最小的独立书店，在只有三坪左右的空间里，摆满了葡萄酒箱制作而成的书架。Mishima 社的书店则铺设了榻榻米，陈列书籍的方式是矮脚餐桌和壁龛。地处南禅寺附近的山崎书店，店内备有可以像个人书房一样使用的桌子，让客人专注投入到与书籍交流的世界。Books & Things 特意将入口设计成小台阶形式，越过格子门射进来的温和阳光洒落在书籍罗列的书架之上，入夜，也能看到细长巷弄的深处点着写有店名的灯光。

日本人对于书店的打理，实在像侍弄一件插花。这当中，好像尤其偏好以杂货文具玩偶在书与书之间进行点缀。爬上阶梯坡度险峻的山崎书店的二楼，眼前俨然是个宝箱，那里的镇店之宝就是已成古董的出口用的木版印刷茶叶箱标签。町家古书赤杨的三个年轻老板似乎深得附近老爷爷老奶奶的疼爱，他们除了购买自己想要的书籍，也有人会把成为书店重点的小人偶带来店里。菊地美奈开的 Nowaki 干脆就是一间“器物和书籍的店”，摆放在店内的家具器物都是菊地小姐来到京都之后所收集到的东西，菊地小姐说：“京都是一个即便不是古董店，也可以让我们收集到各种质感很好的器物的城市。”是啊，京都的书店美依托的正是京都这个底韵深厚的古都的自身之美。正像“夹鼻眼镜”本铺的中村秋子小姐说的："店铺面对着幽静而狭小的巷子。感觉真的好好呢。"专卖童书绘本的旋转木马更是得天独厚，从店面的窗户就可以看到悠闲的鸭川。京都号称千寺之城，有些书店就依寺而设，使得缭绕的香火里平添了一缕书香。像大名鼎鼎的惠文社就设在一乘寺，在岚山大龙寺入口附近有一栋白色墙壁群青色屋顶的小屋，那正是大西良贵开的London Books。大恒书店则位于鸭川上游的高野川旁边，秋天时，路上的银杏染成黄色，极其美丽。

大凡书店，都似朝露，开也忽忽，闭也忽忽，也只有在京都这样的千年古都才会遇见几代人传承接力绵延不倒的百年老店。寺町通一带，老字号鳞次栉比，开幕于一九五〇年的三月书房也完全融入了这个地区的氛围当中。尽管拥有很多市面上鲜少流通的书籍，但店主宍户立夫一点儿都不倚老卖老，他说："我们书房资历才六十年左右，还不算是老字号。"位于热闹不已的河原町通旁边的赤尾照文堂创业于一九二七年，目前的经营者赤尾熏先生已经是第三代传人。在他的店里，明治、大正、昭和时期的彩色版画占据了半壁江山。他不光要把书店传承下去，还要把葛饰北斋、神坂雪佳、今尾景年、幸野楣岭这些足以代表日本的画家那些让人惊艳的画作传承下去。古书善行堂店主山本善行在桥上眺望着鸭川川面，曾经说过这样一句话："一切俗事都随着河水流逝。"我觉得，到京都和书店谈一场知性的恋爱，终究不算俗事。即使不能去，梦一梦也好啊。

神保町

心目中一直认为东京是个现代化的大都市，肯定会跟曼哈顿那样，也是个摩天楼林立的水泥森林，那天从成田机场进城，高架路两侧看到的也大致是这样的景观。谁知从路上下来，抵达接待我们的机构的总部，看到的却是一丛参天的古木，树荫之下，松软的泥土和翠嫩的青草散发出一股现代都市里罕有的气息。隔天偷闲去访竹久梦二美术馆，下车后在东大赤门外那条叫作本乡三丁目的路上闲走，更切实地感受到几分“本乡”的情调。与赤门相对的那一侧差不多都是两层甚至一层的旧筑，大多属于贩卖旧书的古本屋，由窄窄的巷弄向里望去，竟找回了八十年代初我们所居住过的一些县镇的感觉。这样的东京让我始料不及，但也让我欢喜。

要讲东京的老旧不变，不能不说神田的神保町。那次东京之行的最大遗憾，是没有时间亲到神保町走走，那可是闻名遐迩的旧书店街，在古旧书痴迷者的心目中，甚至远胜过伦敦的查令十字路、巴黎塞纳河左岸的奥黛翁。但我好像又对神保町一点儿也不陌生，它的诸般神韵竟一直氤氲在心中，这却是拜日常闲读杂书所赐。扶桑乃书之国，不仅书痴甚众，书物迷恋一类的出版物也是汗牛充栋，笔下风物自然也不会少了神保町。曾经买过一本池谷伊佐夫写的《神保町书虫》，在这本随笔漫画相映成趣的书里，作者为我们勾画出一幅神保町的全景地图，娓娓道出书店街许多鲜为人知的故事。池谷先生是在三十多年前读高三年级时趁着暑假第一次来游东京，目的就是神保町。池谷说："因着神保町，我就此确定了对东京的印象。对我而言，岂止是'古书的麦加'，要称呼这个书街为‘古书的圣地’，我认为一点也不为过。”其实麦加和圣地哪个程度更高，池谷自己也不十分清楚，如此说只是格外强调神保町的重要而已。

有一阵子，耽读八木泽里志《在森崎书店的日子》，与池谷的全景式描述不同，八木泽里志选择了神保町众多书店中的一家来展开故事。刚拿到书的时候我还一直狐疑，以一家书店为对象写一部小说，难道还能写出花来不成？等到展卷开读，却意外地沉浸其中而不能自已。故事写的是失恋的贵子一气之下辞去了工作，独自躺在家中伤心，这时电话铃声响起，原来是在神保町开了家旧书店的叔叔，说他书店的二楼空着，贵子不妨住到他那里，只需在店里稍微帮点忙就成。在叔父的力劝之下，贵子决定搬进森崎书店。她第一次来到世界少有的旧书店一条街，才发现这里左看右看都是书店。一开始贵子还走不出失恋的阴影，对书店的营生也冷默怀疑，但渐渐地，贵子不仅习惯了书店，也渐渐地爱上了书。八木泽里志本人显然也是个超级书虫，他对神保町那里的一切都是那样熟悉，写起书业的情事，既得心应手，又妙趣横生。至今我还清晰地记着小说中写到的神保町旧书大会的热闹场景，活动结束那晚叔父和贵子的闲聊也仍言犹在耳。叔父说的是："之所以会有旧书大会，是因为神保町这个地方就像书一样，在打开之前很安静，读完合上后，又变得安静。"真是充满书卷气的话语。

《在森崎书店的日子》不仅获了大奖，还被拍成了电影。以后八木泽里志又写了续篇，那篇《桃子婶婶的归来》同样好看。不过，以写书店小说见长的可不只八木泽里志一人，另一部《东京下町古书店》还被拍成了电视连续剧。比较起来，我更喜欢小路幸也这本。故事的地点是在堀田家族自明治十八年（一八八五年）起就开始经营的古书店"东京 Band Wagon"。四代同堂的大家族，日复一日地打理书店事务，这样的生活看似平淡无奇，却又发生了那么多跌宕起伏的故事。故事之外，我更喜欢的是故事发生的环境，一座百年不倒的老楼，老楼周边寻常的巷弄，巷弄那头邻居家新磨了豆腐，隔窗喊的那句“有空来拿豆渣”，那种老式的风情真是温润醇厚。

神保町就是这样，几十年时光水一般流过，它却一直保持着那么一副模样。台湾远景出版过一本《扶桑书物语》，当中川本三郎一篇《旧书店街今昔》写的就是不变的神保町：“市街的样子，经过半个世纪以上，目前还跟往昔没太大差别。”“一诚堂、岩松堂、田村书店……都是老样子。田村书店门口堆积的各种全集，那情形真是十年如一日、三十年如一日，永远不变，目前依然存在于东京核心地带的现象，真是叫人感动。”说到神保町的书店店名，川本三郎还引述了藤井正《我的旧书回忆》中写的一则战争年代的往事：一九四四年末，三十五岁的藤井正应征入伍，他的上司是一位仅有二十五岁的年轻中尉，当他知道藤井正曾在神保町旧书店工作以后，突然对他十分亲切。某一天晚上中尉对他说："我来试试从三省堂开始到九段下依顺序先后的旧书店店名。"接着他果真念出了大屋书店、东书店、东阳堂、玉英堂……这一长串的名字，前后顺序丝毫不差。在那之后不久，年轻中尉就阵亡了，他死前说的最后一句话是："我跑到神保町一家一家搜集来的书，真想再好好看一下。"撇开日军侵华的感情因素不论，这个故事本身真是我所见过的最惨烈又最温情的书林逸话了。

台湾书店地图

拿到这本《台湾书店地图》，第一反应是相见恨晚。台湾我也去过两次，虽然每次都是时间短，日程紧，但也总能挤出一点儿时间心急火燎地赶去逛逛书店，可就是因为没有这样一本地图，所以每次傻乎乎地就知道一头钻进诚品。其实台湾有意思的书店海了去了，就连日本的纪伊国屋也在台北、台中和高雄一口气开了四家连锁。台北的天母店位于士林区的大叶高岛屋百货公司，我虽说去过士林夜市，可哪里晓得还有一家日本书店藏身此处。说起来，那次的士林之行也怪有趣。我那次去台湾，是作为第八次陈江会的代表团成员，接待规格极高，安保和纪律也是极严。

按说我们是不允许自由外出的，后来组织上考虑到我们少数几个系初次来台，破例安排我们趁着暮色就近逛逛士林夜市。在古老的街市无目的地一通瞎走，冷不丁发现有四个便衣与我们如影随形，原来一路上都在施行暗中保护，因此意趣全无，草草收兵。想想那种阵势，便是知道纪伊国屋，怕也是去不得也。

除了纪伊国屋，在台湾的国际连锁还有 Page One 和法雅客。Page One 也叫叶壹堂，算得上老熟人了。它于一九八三年创立于新加坡，版图很快扩张到了许多国家和地区。北京有国贸和三里屯两家店，有一时期是我的最爱，但慢慢地就不愿涉足了，本来，我之爱逛叶壹堂，主要冲的是港台书，谁成想上架越来越少，逐渐沦落得和本地书店没有了什么不同。叶壹堂在香港也是遍地开花，跟城市大学相通的又一村就有一家，课间或者午休时我常去打书钉，后来也懒得多去了。法雅客（Fnac）的大本营在巴黎，法文全称的意思是国家采购联盟，是一群爱好摄影的朋友为了取得合理的采购价格而组成的团体。法雅客从摄影器材起家，后来才涉足图书，并且打造出一种独特的复合消费模式。如今，已经有超过一百家据点分布在世界各地。我到法国的时候，并没有听说法雅客，不仅如此，甚至没有踏进过任何一家书店。这几年我也一直在反问自己为什么，答案无非是身不由己。作为一个资深书虫，是绝不能把海外淘书寄托给出公差的，痛痛快快地来一场寻书之旅，恐怕只能等到退休以后了。

以上说的是国际连锁，国内方面则有诚品、金石堂、何嘉仁书店和新学友书局。诚品在大陆的名头最响，前不久已经把分店开到了苏州。也是陈江会谈那次，逛过士林夜市的次日，捱过连战先生做东的第二场夜宴，风风火火地打车到诚品敦南店，第一次进入这样一个图书大卖场，不消说非常震撼，满目都是好看的繁体字版，一时间什么都想收入囊中。再去台湾，去的仍是这家店，通过店内的招贴得知，已经把店开到了香港的铜锣湾。再后来有机会负笈香江，去铜锣湾逛诚品就成了家常便饭。知道金石堂，则是那天参加完“最高行政法院”的午宴之后，拐到著名的书店街重庆南路，大老远就瞅见了街角颇富老民国味道的金石堂店面，不过并没有进内一逛，我们只有半个小时的自由时间，急着钻进旁边的三民书局，打仗一般扫荡了一抱行政法方面的大部头。得与金石堂亲炙，已经到了台南，晚饭后从酒店出来散步，转了一个弯就惊喜地看到一家，随后便在那里静静地打发了一个夜晚。

如果说这些大型连锁是豪华大餐，那些个性书店则算得上乡野土菜了。相较而言，土菜馆的味道远远胜过宴会厅。吃饭如此，访书也是如此。说起来，整个台湾岛也就那么一丁点儿大，个性书店却一如澎湖列岛的天人菊，漫山遍野盛开得灿若星辰。台北的茉莉，花莲的时光，台南的金万字，潮州的残简肆，嘉义的达摩书坊，台中的头状花序，高雄的复兴书店，新竹的水木书苑，哪怕是深藏巷底，也如陈年的老酒，那股醇厚的酒香大老远就把游人吸引。就连海角屏东的恒春小镇，也有一家春成书店，当你漫步在小镇里最热闹的中正路上，一定会在巴士总站旁看见它的两个大大的绿色招牌。可别小瞧这家小店，它不光是台湾岛最南端的个性书店，而且拥有了超过百年的历史。至于恒春，旧名唤作琅峤，据说是当地原住民排湾族语言里台湾尾端的意思，那一座完整如初的古城至今已成全台湾的硕果仅存。春成书店里摆着恒春古镇的导览图，上面写着这样一首好听的台语歌谣："若是到恒春，着爱落雨的时阵，罩雾的山仑，亲像姑娘仔的温纯。若是到恒春，要拣黄昏的时阵，海墘的晚云，半天通红像抹粉。若是到恒春，着爱好天的时阵，出帆的海船，有时靠岸有时远。若是到恒春，不必拣时阵，歌声若响起，解消阮的心闷。"吟罢这歌谣，恨不得买张票明天就飞过去。

买装帧

翻读《只能在京都遇见的二十三间书店》，兀自忆起那次鸭川两岸一日游，迫于东道主的安排，把大好时光全给了什么春社食肆，古书店的影儿都没有捞到一个。前几天短暂过港，没有更多时间访书，只好精心选择三两家，其中的首选便是加连威老道的那家日文书店 Tomato Books，聊以表达对于京都书肆虽不能至心向往之的心绪。上次曾在这里拣过大便宜，五港币买下一巨册印制精美的《世界服饰辞典》。这回仍有特价，最里边那个开间有两架特价文艺书，只卖十港币一部，选中几册最美的，包括讲谈社二〇〇〇年印行的押川国秋的《十手人》、福武书店一九九四年印行的石和鹰的《クルㄧ》等，开本大小应该是“菊判”，与我们的小精装形制约略相同。回来一翻版权页，竟有半数出自菊地信义之手！菊地信义可是当代日本与原研哉、杉浦康平等齐名的设计大师，暗地里不由得佩服自己眼光够毒。菊地信义谈装订艺术的书我曾买到过中文译本，他的艺术观表达起来有些怪怪的，例如他说：“我经常听大冈信先生这么说的，文稿犹如作家的遗体，装帧则要吸引读者去接近遗体，让他们在阅读后立地成佛。从这个意义上说，装帧设计工作简直就如掘墓的小工们没什么两样。”说来也真是，我买的这本《クルㄧ》，封面画的就是几个无头的泥俑，颇给人几分盗墓现场的感觉。有人在我桌上见了这书，诧异地问：“日文你也懂？”我一乐：“日文咱真的不懂，咱买的是装帧。”

旋梯书店

芬突然掏出一本小书，说：“送你的，乔伊斯的《都柏林人》。”我接过一看，漂亮得直晃人眼。袖珍开本的小精装，护封画着绿黑相间的竖条，揭去护封，内里是水红色的缎面，书脊文字烫金，书口三面刷金。翻到版权页，见是Collectors Library二〇〇五年的版本。芬说了句在什么书店买的，我没听清，料想还是在查令十字路那边。由乔伊斯又联想起了西尔维亚·比奇和她的莎士比亚书店，她不仅替乔伊斯策划出版了《尤利西斯》，更成为乔伊斯事实上的经纪人，乔伊斯也不客气地直把莎士比亚书店当成了自己的半个家。比奇写她的莎士比亚书店，半数也是在写乔伊斯。世间的事说来也巧，前两天刚刚看了一本阿德里安娜·莫尼耶的《奥岱翁街》，这街就是莎士比亚书店所在的那条街，从比奇笔下早就知道了莫尼耶，她比比奇还早就在奥岱翁街上开书店，乔伊斯自然也是她店里的座上客，她还策划将乔伊斯的《尤利西斯》翻译成法文，一如比奇策划了英文版的初版。其实不仅仅是乔伊斯，海明威、庞德、伍尔夫、费兹杰罗……数不清的一代文豪都乐把这里当成“歇脚庵”。

一本书就有一个故事。这本漂亮的《都柏林人》，并非像我想当然以为的那样，又买自伦敦的查令十字路，当然也不是巴黎左岸的莎士比亚书店，芬说：“是在都柏林一个叫做 Winding Stairs 的小书店。店名应是取自叶芝的诗，在利菲河边，紧挨着著名的半便士桥。店里书的品种不多，完全不能和查令十字路的书店们相比。所幸发现了最后的两本装帧精美的《都柏林人》，赶紧都收下了。毕竟在都柏林买乔伊斯的《都柏林人》也别有一番意味。”Winding Stairs，我猜是旋梯，那是爱尔兰抒情诗人叶芝最著名的作品之一。至于这家叫作 Winding Stairs 的书店，据说是都柏林最古老的一家独立书店，曾经歇业，后又重新开张，如今已然成为都柏林之游不能不去的地方。

心里还在冥想着叶芝的旋梯，乏味之极的春晚突然出现一抹亮色，莫文蔚深情吟唱的，正是叶芝的生命之作《当你老了》。叶芝非常喜欢女演员毛特·岗，第一次与她相遇时曾经这样写道：“她伫立窗畔，身旁盛开着一大团苹果花；她光彩夺目，仿佛自身就是洒满了阳光的花瓣。”但毛特·岗却一再拒绝叶芝，最终嫁给了一位爱尔兰军官，即便后来这场婚姻出现灾难性波折，她依然拒绝了叶芝的追求。尽管如此，叶芝对她却抱有终生不渝的爱慕。《当你老了》抒发的就是这段缠绵不绝的痴情。

叶芝最后与乔治·海德·利斯结婚。婚后，

叶芝在离庄园不远的地方买下了一座倾颓的古塔，把它修复之后，携带妻子住了进去。黯黑而浪漫的古塔，在叶芝诗意的想象中，与其说是一处栖身之所，还不如说是一个象征。叶芝时常攀着塔内的旋梯，从塔顶向下俯瞰，沉入冥思。他可能会在心中吟唱："多少人爱你青春欢畅的时辰，/爱慕你的美丽，假意或真心，/只有一个人爱你那朝圣者的灵魂，爱你衰老了的脸上痛苦的皱纹。"这就是旋梯，也就是 Winding Stairs 的来历。

模范书局

模范书局在大栅栏的杨梅竹斜街，是同事金中午遛弯时发现的。开始我并没在意，这个周末得闲，就去了。门面颇有几分民国范儿，进来却又一阵东洋风，两面书架堆放的多是气度非凡卷帙浩繁的日文旧版画册，什么讲谈社、小学馆、平凡社，都是耳熟能详的百年出版老店，但几乎都是美术全集之类的套书，辉煌倒是辉煌极了，不过估摸起价格来也是不敢轻易触碰。趁着一拨西洋游客被引入后院儿，我试着跟那位下巴上蓄着美髯的店员攀谈："你们也不必尽进些大套书，竹久梦二啊桥口五叶啊一些单本书也可搜购些。"他回说："我们进货的具体渠道显然也不能对外详说。”这句答非所问的话很明显带有几分傲慢。我有些不快，突然抛过去一句：“你们也是赔本生意吧？”他倒不见愠怒：“如今实体书店肯定难开。”说到这里意兴阑珊本想走了，却瞥见一本谢其章的《封面秀》，这书找了十来年了一直都没找到。谁想一耽搁，就又和他聊起来了。他竟给我搬出一部《国际版栋方志功版画大栅》，外盒有点儿破损，打开来却是簇新如初，别提有多漂亮！收银台那边的女孩儿也过来了，指点着书物说：“这还是昭和年间的出品呢。”我仔细看看版权页，不仅是一九七〇年的初印，而且还是限定版，是三千册中的第九八四号，旁边还钤有一枚栋方志功的猩红印章。乐颠颠儿地结完账抱走了。

隔些天忍不住又去了，那女孩儿显然已经认得我，说今天我们老板在，他打完电话你们不妨聊聊。不一会儿就过来一位身穿玄色中式对襟的先生，一介绍才知，这位老板原来是姜寻，是位知名度很高的书籍装帧家，他设计的一些图书我有印象，像谢其章的《封面秀》、范用的《相约在书店》，就都是。再深聊才知，他还是位诗人，曾在《诗刊》作过美编，后来下海自己干了。我本以为书店是他的主业，但他领我进到内室，给我看一块雕版，说还在天桥开着一家雕版博物馆，听得我真有些瞠目结舌，暗叹这京城真是藏龙卧虎。说到高兴处，姜寻带我上楼看他的秘藏，除了更多的日文画册，还拉开抽屉展示了不少他自己收藏的签名本。我看上架子上一套日文版的《世界版画全集》，总共十巨册，姜寻一咬牙给我打了一个较大的折扣，但对我来说仍是天价。打那以后，好久没敢再去。

红楼

沙滩的北大红楼离我单位也只一箭之遥，这么多年过来过去的从没想过进去瞅瞅。那天鲁博书店董老板建了个书友群把我也拉了进去，群里一位刘老板打出了他们书店的广告，说是新文化运动纪念馆的书吧。我问是沙滩的红楼那儿吗，他答正是。隔天午后就跑了过去。按着刘老板的指示，进了红楼迳往西头走，走廊里看到了一间间依原样布置的老北大图书馆的书库，不禁想象起百年以前青年毛泽东穿着粗长布衫坐在那里一一登记读者姓名的情形。这一闪念也不过几秒钟的事，因为很快就走到走廊的尽头，看见了那间设在朝阳房间里的书吧。书吧也只一个开间大小，东侧靠墙是一排书架，西侧架上陈列的则是各种纪念品。一男一女两位上了年纪的店员，看那情形，一个负责图书，一个负责纪念品，而那位瘦瘦弱弱的男子，想必就是那刘老板了。我故意不说破是群里的，这样看书更自在，但这位刘老板显然很热情，顺着我的视线不停地作些推荐和介绍，不过他不晓得我是个老书虫，讲的都是些入门的知识，譬如他指着一排毛边书说："这是毛边书，就是故意不将书边裁去，毛蓬蓬的却是民国文人的最爱。"说着拿起几本毛边给我翻阅，从作者到内容到装帧，我都不很喜欢，倒是一包五本的《周作人自编文集》，毛边做得中规中矩，索价仅百元，毫不犹豫地放进筐中。又有一册陈漱渝的《往事并不纷纭》，虽说不是毛边，但有作者的签名，也决定要了。这书之前在书店见过，尽管书里有一篇我感兴趣的《叶灵凤的三顶帽子》，也没有出手，主要是不喜欢那个书名，既东施效颦，又文不对题，这种盲目跟风之举未必是陈漱渝老爷子自己的意思，大半是编辑出的馊主意。刘老板说，我们和鲁博是一个领导班子，陈漱渝正是我们的老馆长，现在的馆长是郭俊英，业务副馆长则是黄乔生，说话间还拿来了他们两人的著作。旁边一位青岛来的女顾客问：郭俊英跟郭沫若什么关系，我打趣道：那是郭沫若的孙女。纪念品那端不全是纪念品，也有一些内部出版物，我看上了三种，都有些类似于《读库》的笔记本，分别是《鲁迅的故乡》《鲁迅藏南中国乡土玩具集》和《鲁迅藏北中国乡土玩具集》。前者是小开本精装，收入的都是与鲁迅故乡绍兴有关的画作，画家包括钱瘦铁、吴冠中，古元、张文新、邵克平、夏子颐、李行简，当中版画几乎占到一半。后两种其实是鲁迅所藏日本版画团体白与黑社社刊《版艺术》推出的两本专刊，收入中国八位木刻家的四十三幅作品，题材都与南北中国的玩具相关，那些个布老虎啊不倒翁啊羊皮鼓啊，不只让人回想起旧日时光，画面也都古拙可爱，让人难以释手。见我对书的品相有所挑剔，那位大姐马上蹲下去把一包未开封的打开替我挑选，不料这个动作引来她的腿部一阵疼痛，我有些过意不去，赶忙说，别麻烦了，其实也都差不多。最后一清点，这一摞书全都属于那种老书，至少是重印的老书，瞬时想起董桥在《记忆的脚注》中说的那句话："好看的书都是老书跟老年人写的书。"今天还想补充一句：好看的书还应是古意盎然的老店员卖的书。

蜜蜂书店

再去蜜蜂书店，纯粹为了那套《黄面志》。喜爱比亚兹莱的读书人，哪有不知道《黄面志》的？我从叶灵凤《读书随笔》中最开始知道《黄面志》，一晃也有二十多年了。九三年在纽约公共图书馆一个特展上，还曾有缘见识了这套百年名刊的真容。不过自己也能真正拥有一部，还真是做梦都不敢想的事情。可在之前不久，有人在网络上发蜜蜂书店的照片，玻璃柜里一排《黄面志》那么耀眼。从那天起，再去蜜蜂书店的念头就一直折磨着自己。没有车开，怎么去就成了问题，经过一番设计，地铁一号线倒八通线，坐到了通州北苑，出来见一黑车，开价六十，嫌贵没打。又往街口走了走，另一辆要五十，心说也就这价了。司机问具体到宋庄什么地方，我说到蜜蜂书店，他说不知道什么蜜蜂书店，我说你就往画家村走，到那儿我能认得，一会儿果然就看见了蜜蜂书店那幢红砖房子。在一楼店堂草草一看，就迫不及待地上了三楼。这层属于咖啡吧，摆了几套沙发圆儿，有两拨貌似画家的坐那儿闲聊，我却一眼瞅见了那排老黄书。与普通书刊不同，它是放在一个加锁的玻璃柜中，我凑近一瞅，总共十三卷，横跨一八九五、九六、九七三个年头。柜子上贴一纸条："如欲购买，请与店家联系。"我故意表现得不太在乎："这套书全不全？"穿蓝衣的青年说："这可是《黄面志》！"我心说我还不知道这是《黄面志》。问他多少钱，他回过来一句话，把我砸了个透心凉："老板说，这书不卖。"蜜蜂的老板，以前有听说，好像叫张业宏，曾经做过辽宁出版集团的副总，现在除了开书店，也策划蜜蜂丛书，都跟书与美术相关，我比较喜欢的，是那本肯特传。此人懂书，当然要把它当作镇店之宝，舍不得卖自在情理之中。有些悻悻然地踱到靠近吧台那一侧，惊见那里有一面墙给布置成了梦二角，一套日本原装竹久梦二画册在那儿供着，旁边几套东洋碗碟，样式花纹无不洋溢着典型的梦二风格。蓝衣青年讲，这些碗碟都是竹久梦二用过的，都是我们老板从日本淘换来的。我说应该是出于梦二的设计而已。果然就看见一个印着“竹久梦二美术馆监制”字样的卡片。我问书能不能翻翻，他有些舍不得似的自己拿着让我看，我心说对于书我可比你仔细，看你的小气样。书有两重套盒，总共六函，简单看看版权页，知道是昭和四十四年，也就是一九六九年龙星阁的版本。店员翻到中间一页，是一幅炭笔画，我认出是《出帆》当中的一幅。他说，黄永玉前阵儿买走一套梦二，全是黑白的炭笔画。我问这套多少钱，他拨通老板电话，说两万。又问碗碟多少钱一套，他又拨电话，说三千。我虽然心痒难耐无法将目光移开，但这价钱也让我顿时虚汗直冒。吧台女士适时地端来一杯茶，喝下去之后我稍微镇静了一些，就跟着青年到一个角落看版画。都是方寸小幅，看看背面的文字，知道多剪自旧的西文书刊。青年说，这些都是老板从德国搜罗而来，每幅二百，卖出去不少，过一阵子还会再来一船。我挑了一幅铜版风景，因为上面有铅笔“1896”的字样，说你放好，我下楼再转转。下到楼下，听见外面暴雨顿起，站在屋檐下观雨抽烟，心里想的却是前些天去杨梅竹斜街模范书局的经历。那里的日文老画册更有气象，其中一套十巨册世界版画全集，简直美若天物。那天老板姜寻正好在店里，这位集诗人画家藏书家于一身，穿着中式小褂的老板，跟我聊得很是投机，说到高兴处我让他打打折，他咬了咬牙，吐出的也是两个字：“两万。”我照例是汗流浃背地落荒而逃。又想起最近在看的阿根廷作家卡洛斯·玛丽亚·多明格斯《纸房子》

中的一句话：“艺术是与金钱不可分离的伙伴，艺术是金钱的最佳证明。”这当儿，对这句话的理解骤然深刻，好像也立刻清醒了许多。于是，狠狠掷掉烟蒂，迳直冲进雨中。

海王邨

许久不曾读画，今天顺手摸出一本，是《纸上艺术：香港版画》。著作者廖少珍倒非外行，没翻几页，就跳出熟悉的叶灵凤的名字。见是：“一九三八年，文学家叶灵凤从上海来港，在《星岛日报》介绍国内的木刻运动。”那时期，香港的文艺界真跟过节一样，从内地来了那么多赫赫有名的版画家，黄永玉、唐英伟、黄新波、张光宇、黄蒙田、梁永泰，个个风格独具，都是叶灵凤的好朋友。比较起来，我还是觉着这一代人的版画有味道，后来的人，一味玩技巧、搞新潮，结果全成了几何的色块，毫无具象之美。这本《纸上艺术》是从海王邨淘来，说是旧书，品相其实蛮好。

那天旧书架子上摆着不少版画集，其中有十来期一九八〇年代初天津出刊的《劲草木刻》，一翻之下，恍若回到从前。那会儿的出版物，陋则陋矣，可真的有味道。原价五毛一册，如今抬到三十，要说也不算贵，但全部买下也是一笔不小的开支，就选了其中一期，聊备一格而已。选的这期里面夹有一纸刊物编辑给作者谭权书的采稿信。这位谭权书可是位老画家，还作过中国版画家协会的秘书长。站那儿瞎猜，这批版画书当是由他的家人散出，因为有的书里还有他的签名，有的则把扉页剪去一半，显然剪去的也是题款。想着谭氏私藏的遭际，归去路上颇有几分惆怅，耳边回响起宋代书痴陈亚那首绝句：“满室图书杂典坟，华亭仙客岱云根，他年若不和花卖，便是吾家好子孙。”又一想，和花卖，总还是雅到底了。

淘旧书

说到淘旧书，不禁想起鲁迅对于旧书的态度。他是反对小孩子接触旧书的，“说是旧书太脏，有些是病人出售的，放在店里又是什么人都来翻阅，小孩子抵抗力较弱，容易传染上疾病”。有一次他见海婴在旧书店挑了几本书，立刻现出一副从未见过的极不高兴的脸色，领了他很快离开这个书店，连他已经挑选好的书籍也放弃了。我对旧书也是有洁癖的，倒不是为了健康计，而是对书物有一种唯美的要求，看着旧书那种蓬头垢面的样子心里就不舒服，所以除非那旧书内容又好品相又好，即使很有升值的潜力，我也是不随意收的。但内容又好品相又好的早给人藏之深山了，哪里再能淘到？早些时候看到一本《买书记历》，就是三十九位先行者关于淘旧书的集体回忆，个个称得上搜猎旧版书的人精。其中谢其章柯卫东赵国忠，更是有三剑客的雅号。一人一个双肩背，为的就是能够两手并用，你抓我抢。谢的淘书经买得多了解得也多，柯的书似乎只见过一种。一读他的《冷摊夺魂记》，确实增广见识。他说十八年前在后海，也有旧摊，有人在那儿见过叶灵凤的书，都是首版，和新书一样漂亮。他说："叶灵凤的书虽然没有那么贵，但搜集起来更难。他以藏书家、书票收藏家、书籍装帧家的身份写下的那些关于书的书，每个爱书的朋友都是希望弄到一册的吧。"听起来让我这个叶迷颇有些落魄丢魂，但那种好时光终归我是错过了。

有天下班早，心想回家路上何不在琉璃厂停一下看看海王邨有没添什么旧货。推开那扇涂了红漆的木门，却见水泥地上湿漉漉的刚刚墩过，我不忍去踩但犹疑片刻还是踩着过去了。海王邨近来倒是专门辟出一块区域堆栈旧书，说是旧书其实主要是八十年代以来的一些大路货，再旧一些的就属凤毛麟角了，碰上碰不上全看你的运气。算起来我拣到便宜的时候只有那么一次，淘了一本庞薰琹的《中国历代装饰画研究》，是上海人美一九八二年的一版一刷。虽说印数两万不算少，但市面上也是难寻，特别是随着近年庞薰琹以及他的决澜社的大热，别说旧版，就是数年前三联出的庞氏的一本回忆录，也是一书难求。今天就没这好运气了，在店家一声声打烊的催促声中，用着一目扫一排的速度匆忙过了一遍，只发现了一本陈原的《书林漫步》，是三联书店一九七九年的一印，品相还不错。说起来，《书林漫步》虽然在读书圈子里有着不俗的人气，但我一直只有续编，直到前年才在香港的神州旧书买到了正编，而今见这一本索价只有三十，便又收下了，一来不忍它继续流落，二来也有一丁点儿囤积居奇的阴暗心理。

海王邨之外，京城近来倒是添了一个淘旧书的新去处，这便是大栅栏杨梅竹斜街的模范书局。

但姜老板走的是精品路线，主要经营动辄上万元的日文美术大书，小本的旧书虽说只是零星的点缀，但质量上却一本是一本，有天我就在那儿收获了香港书话家许定铭的两本旧著，一是《醉书室谈书论文》，一是《爬格子年代杂碎》。许氏的著述我虽说搜购不少，这两册出版于二〇〇二年的旧物却是第一次见到。出版社是名不见经传的创作企业有限公司，地址在香港北角的屈臣道。许定铭也算一奇人，虽然生活在香港，却孜孜不倦地效法内地的书话大家唐弢、姜德明，专一写那些民国稀见珍本。我比较好奇的是，这位仁兄究竟通过什么管道弄来那么多的旧椠孤本，不成想就在这本《爬格子年代杂碎》里觅得了些许答案，原来许定铭曾经长期经营一间书店，也难怪可以有近水楼台先得月之便。在《书痴的故事》一文中，许定铭写到过他开书店时招的一位爱买书的小伙计。这个年轻人的母亲是个寡妇，家境不好每个月只能出三五百零用钱给他，他全用来买了书，直把身体饿成了一条藤的样子。他读杂书用功，功课却不甚高明，落榜之后垂头丧气地来央求老许收他做伙计。老许每月给他开一千五，人工也不算少了，谁知他做了一年半，不仅一个子儿没拿到，临走时还倒贴给老许一千多。原来，每次进了新书，点完货他都要先挑出自己喜欢的放到一个橙盒里，每月下来那点儿工钱哪够。我料想，老许本人大概也是这样，进了好书也是舍不得卖，先要留给自己。至于那个小伙计为何不为了抢书跟自己的老板打架，全赖他们喜好的领域不同罢了。

开书店还有一个好处，是认识的藏家较多，等哪天藏家散书时便有机会捷足先登，但这样的机会也不是常有，正如许定铭所说，“一般藏书家多是‘不到黄河心不死’的，怎肯在自己无病无痛之时，把心爱的好书出让？”《醉书室谈书论人》中有一篇《喜得旧书一批》，算是老许收书生涯中难得的一宗大买卖。有次一位相熟的藏书家在饭局上悄悄对老许说：“我已经七十岁，有些书跟了我几十年，怕将来会流落旧书摊，被人当废纸处理，几经思考，你是最好的接手人。”老许果真在他那里挑选了百来本绝版好书。他总觉得这批书眼熟得很，由那整洁的相貌终于悟出，这原是他相熟的一位书痴的旧藏。这位书痴名叫无言，他们常常一起淘书，遇到大家都喜欢的，无言总是让他先要。这么好的一位书痴却也难逃人死书散的运命。所以那一天面对旧物，许定铭既有收获之喜，更多的却是无言的悲凉。书旧了仍然在那里，痴爱旧书的人却不知去了哪里。

广州书旅

休假期间大老远儿跑到广州，冲的就是书店。方所是其一，又听说北京路还有家联合书店，是香港中华商务三联组成的联合图书出版集团所开，就又多了份期盼。那天飞机晚点，在机舱里生是枯坐三个小时。降落白云机场，天已大黑，匆匆赶来的司机说刚刚下过大雨，路上堵死了，便决定不去旅舍，赶在书店打烊之前直奔北京路。北京路是步行商业街，路口下车往里走不多远，就看到了门脸儿有几分雅致的联合书店。店分四层，底层除了收银台和新书展示，剩下全给了咖啡厅；楼上各层，每层跟每层的空间大小并不完全相同，这一点倒很像香港的书店。当然是先上楼看港台书，发现品种并不如想象中那么丰富。想找找台版的董桥，也是踪迹全无。内地图书有些零零散散，选材亦不甚精。本来拿了几种，比如台湾出版的正体字版《莎士比亚书店》，比如人民文学版的《夏济安日记》，但斗争半天，还是逐一放弃了。

隔天下午要办事，上午的时间就用来逛方所。等待开门的当儿，左右闲走，一边是一堵杂树掩映的斑驳沧桑的老墙，一边是直冲云霄的摩天大厦，颇感几分老物事终将陆沉毁灭所带来的怅惘。书店还是那么有味道，虽没有初来时那么多的惊喜，但还是有所收获，当中最赚的是在一个冷架的最低一格挖出了谢其章八年前出版的《终刊号丛话》。书新新的，却是二十几元的老价。港台方面，买下了香港诗人陈智德在台湾联经出的《地文志》。这书春天在香港时就想买来着，只是不太确定前回来港是否已购，才未敢贸然出手。书的副题是“追忆香港地方与文学”，内容有些像本地人写的“香港寻书”，不过与我的外来客之走马观花相比，土生土长的陈智德追忆起亲历的城、亲见的书，不消说厚重沧桑了许多。诗意的文笔，杂糅了地方纪事、掌故拾遗、文学谈片、成长回忆，让我们体会一个还未远去但肯定会愈行愈远的不一样的香港。最吸引人的还是下卷中那些写书店的篇什，许多是我浸淫多次的，更多的是我去香港之前就已消失的。在九龙半岛长大的陈智德说：“我变得怕经过西洋菜街，怕它那空荡荡的模样。现在的西洋菜街比香港过去历史上任何时期都要喧闹，但失去了东岸、洪叶、文星、榆林，现在的西洋菜街却又是最空寂的时期。”因为“失落了书店，也就是失落了人面。”是啊，我来广州，眼里心里不也都是书店？一旦逛过，我就觉得热闹的广州再也留不住我了。起飞那刻掐指一算，广州书旅刚好二十四小时。

上海文庙旧书市

以往上海都是来去匆匆，这次有个小住的机会，便有了文庙淘书之旅。文庙的旧书市场只在周日举办，早上八点开市，那些早起的“虫儿”去得更早。我头天晚上定了闹钟，但临到铃声大作，还是在床上赖了好久，等赶到文庙的时候，已经九点半左右了。文庙还是第一次来，从老西门下地铁，跟路口一警察问路，他说你前边右拐，过了梦花街就看见牌坊了。进得牌坊，就走在文庙路上了，有些破败，但我却喜欢这破败。没赶上看到老城厢，残留的这一丁点儿余韵，总能给人些许安慰。上海文庙始建于元代，小刀会起义时毁于清军的炮火，咸丰五年重建于此。文庙的门票是十元，去旧书市场则只要一元。进了棂星门，一眼就看见大成殿前几列旧书摊摆满了庭院。我顿时激情勃发，兴奋地汇入淘书的人潮里。

我在上海逛文庙，贪的是民国老书，所以对建国后的那些大路货几乎不瞧一眼，虽然也是凤毛麟角，但总比北京琉璃厂那里更易见到。在西庑殿前一个摊位上看到两本“晨光文学丛书”，都是老舍，一是《过新年》，一是《老舍戏剧集》。晨光出版公司是赵家璧脱离良友出版公司另起的炉灶，所以这套丛书的装帧风格与“良友文学丛书”如出一辙，老舍在晨光出书多，又因为他是这个有限公司的二股东。我因为喜欢晨光的装帧，又见两本书品相尚好，就跟摊主砍了一番价之后收下了。摊主说，早几年市场火的时候，这个价你可拿不下来。谁成想我的幸福感只持续了几个钟头，回到寓所打开塑封细加欣赏时，却发现版权页上写的是一九五三年的再版，倒没有太多的懊恼，只是感叹两声“想爱民国也不是件容易的事”而已。

不过在东庑殿那边得手的一本鲁迅的《而已集》，倒确确实实是民国三十六年的版本，这是鲁迅先生纪念委员会印行的“鲁迅三十年集”的一种，版权页上还贴有一枚拓于寸方宣纸之上的鲁迅私印。其他的民国版的老书也就乏善可陈了。其实不只民国版本，便是“文革”期间的出版物，也已经炒得有些离谱。在一个老先生摊上看见五辑一九七三年上海人民美术出版社出的《版画》丛刊，活页，每辑十来张套色版画，要价每辑一百。老先生又给我拿出一函天津美术出的《铁道兵版画》，说：“这个更珍贵，铁道兵都解散了。”要价一百二十，我说五十的话我就拿走，他说：“你拿书来我五十买下。”我见生意难成掉头就走，他一副“皇帝女儿不愁嫁”的派头，转身跟旁人说笑去了。

眼见“文革”也是难求，只好再次放低身段，转向未曾寓目的新书。有一部装在函套里面装帧别致的书吸引了我的眼球，拿起一看是沪上画家贺友直的白描长卷《弄堂里的老上海人》。贺友直是当代连环画泰斗，今年三月刚刚仙逝，他于前几年出版的《贺友直画三百六十行》和《贺友直自说自画》我都有购，但这套书的要价却比定价高出不少，见我狐疑，摊主翻开书说：“这是贺老的签名本”，我一看有字有章，也只好认了。想想他的《白光》都炒到了原价的两千倍，心里多少寻得了一些平衡，以后想找贺先生签名也无处可找了。

走出文庙，在牌坊旁边看见一家上海旧书店，顺脚进去一逛，面积不大，可看的书不多，但却发现了一本上海译文出版社一九八一年版的《十日谈》。方平和王科一的这个译本，我上大学时分明读过，但斋中旧藏却不见有它。我一直回忆为什么当年没有买它，最可能的原因是，今天看来像是白送的定价，放到当年也会让人难以承受。后来专注于书籍插图了，不免回想起《十日谈》

里面那些充满异国情调的插绘，可一直没有再遇上过。这一本是平装选本，品相超过九成，只要二十四元。正待交款，猛见一个顾客登上收银台的桌子去高处翻书，店员说："上面有些民国版。"等那人下来，我也登了上去，民国版没什么像样的东西，倒是一眼瞅见了一本《十日谈》的精装足本，心中大喜，连说今天是彻底让我圆了旧梦了。

道生诗集

阿罡来给我送书的时候，雨突然大了，他在门口发微信说："请你出来接我一下吧！"我抓起两把雨伞就冲入雨中，穿过了池塘栈道，两条裤腿早已湿透。阿罡正在棚下躲雨，忙不迭地说："劳驾你出来，就是不舍得让这些书淋湿。"阿罡是上海的一个旧书商，没有实体店，只在孔网上开着一间版画书斋。我这次在浦东小住，就找到电话跟他取得了联系。提到旧书商，总要想起董桥笔下的威尔逊，那种本身就是一件古董的老绅士，阿罡不同，还是那么年轻。"我还真跟威尔逊打过不少交道"，阿罡说，"那还是我在伦敦留学那会儿，后来一直跟他保持通信，可惜他已经在几年前作古了。我在伦敦大学本来是学计算机，周末到 Russell Square 的古董书展，刚开始还直为十英镑的门票嘀咕，等进去了才知道这英镑花得值，几乎全伦敦的旧书商都云集这里，初版书、插画书、老版画、藏书票……天底下原来还有如此漂亮的东西。我慢慢地迷上了此道，刚回国还干过几天 IT，后来索性辞职一心做我的旧书生意。”我说你的藏品肯定不只是留学时积攒的，他说：“那是，在英国有许多朋友也都帮忙。我还常在香港的拍卖会上碰见董桥，我俩兴趣重叠，有时也争，所以他好像对我有些敌视，但他实力在那儿，我常常只能在他挑过之后捡漏。董桥时常说起的那位伦敦女书商 Sophie，他管她叫书妃，跟我也熟，有时她带书来我比董桥先到，就能捡到一些好的。”

今天阿罡带来的两袋子书，也都让人欢喜不置。肯特插画的《维纳斯和阿多尼斯》、比亚兹莱插画的《莎乐美》、吉宾斯插画的《接龙》，样样让人爱不释手，有好几本还是大名鼎鼎的金鸡出版社的初版本呢。我看中的是 Bodley Head 一九一一年出版的道生诗集，精装毛边，书口刷金，封面由比亚兹莱设计，翠绿的底色加上烫金的线条，真是优雅得如同天物一般。送走阿罡我就听着雨声闲翻，首先翻到的是二十七页的 Non sum qualis eram bonae sub regno Cynarae。这首《西纳拉》，应该是道生最著名的诗篇，电影《乱世佳人》原著书名 Gone with the wind 就来自这首诗的诗句："I have been faithful to thee, Cynara! in my fashion. I have forgot much, Cynara! gone with the wind.（我一直在按自己的方式对你忠诚，西纳拉！/我已忘却了许多，西纳拉，都已随风飘逝。）"道生 (Ernest Dowson) 也是个短命的鬼才，他十九岁那年入牛津大学，两年后因家庭破产而辍学。他和另一个短命鬼才比亚兹莱，都是《黄面志》的一群。比亚兹莱与道生非常要好，不仅为他的诗集设计封面，还专门绘制了好几幅精美的插图。道生也是个情种，因为失恋而致悲观失望，从此酗酒放浪，三十三岁即在贫病交加中死去。

我知道道生，是在大学年代痴迷郁达夫的时候。郁达夫曾说："Ernest Dowson 的诗文，是我近年来在无聊的时候，在孤冷忧郁的时候的最好伴侣。我记得曾经在一篇小说里，把他的性格约略描写过的。大约是因为我的描写还没有力量，所以到了今日，仍不见有人称道他的清词丽句。但我对他的同情和景仰，反而因世人对他的冷淡，倒是日见增高了。"道生的《西纳拉》，描写的其实是狎妓的过程，所谓"我花钱买的她的红唇之吻的确是甜蜜无穷 / 可是我凄凉无伴，为旧日的恋情而心烦"。郁达夫的小说，有不少就好像是《西纳拉》的场景的再现。他虽然比道生多活了十几年，但最终也是死于非命，四十九岁那年，被日军杀害于苏门答腊丛林。

叶灵凤也是从郁达夫那里知道的《黄面志》

的一群，他曾说：“郁达夫先生也在创造周报上写了一篇《黄面志》及其作家，介绍了比亚兹莱的画和道生等人的诗文。”叶灵凤也还拥有过一册道生诗集，这在他的小说《女娲氏之遗孽》里有记载。有一年冬天，“因着战事影响，各处的经济来源都绝，我一人困守在上海，呼救无门，只得依了当卖度日。几件稍整齐的衣服既都被我质去，我只得又卖到我心爱的书籍”。“这一日一个阴霾奇寒的下午，我因了要等着钱寄信，便挟了一册 Modern Library 本的 Dawson 诗集将门口一个熟脸的旧货担子喊下同他交易。”但叶灵凤似乎没有写过专文谈论道生，这也许是因为在郁达夫打开的两道门之间，他选择了比亚兹莱那道，并且义无反顾，一直走了一生。正因如此，“中国的比亚兹莱”也才应运而生。我有时想，叶灵凤没有情迷道生，更由于他只是个表面上的颓唐派。他年轻的时候，虽然“有时穿着廉价的三友实业社出品的自由布衣服，蓝雪花纹的大褂，外加上红雪花的马甲，真想冒充王尔德，见了叫人吓一跳”，但他骨子里却是个意趣冲淡的读书人，香港作家三苏曾说：“虽然他喜欢色彩浓烈的绘画，但是他的生活却是非常平淡，一卷在手，一杯清茶，就过一天。”其实比亚兹莱的生活也不似他的画作那样绮靡，我读过他生命里最后两年的通信，在辗转各地找寻养病之所的日子里，他每天的生活就是阅读，有时接到一包朋友寄来的书，他能开心好几天。

犀牛书店

原本打算晚上去逛绍兴路的开闭开书店，跟店主黄圣也预约好了，但这时看到他转发的一篇犀牛书店店主庄见果写的值日僧日记，觉着怪有意思，恰好黄圣又说明天出门今晚要早些打烊，就改变主意先逛犀牛。七号线转八号线陆家浜路下，向南走了几十米就到了丽园路上的书店门口。店面有二十多平方米，四周靠墙围着一圈白色书架，正待看书时进来两个女孩，七嘴八舌地跟店家调侃，店家那边听声音也超过两人，其中一位嗓门较大的，一边跟他们聊一边在找着一本什么书。女孩说："以前我还看点儿书，后来去了图书馆的书库，发现自己再怎么读也不过那么一丁点儿，就失去了信心。”她们又问书店是不是赚钱，能不能维持下去，店家也好脾气，说我们不仅不赚钱还要倒贴，图的也只是个兴趣。我一直是边翻书边听他们闲聊的，不一会儿听着声音突然没了，抬头一看女孩们已经空着手走了，店家方面也只剩下了一个，我乐得一个人安安静静地瞧书。

这家书店的定位是文史哲旧书，书的品种倒是不俗。首先就在一进门靠东墙的架子上发现一排上海书店一九八〇年代影印的民国文学老书。这套名为《中国现代文学史参考资料》的丛书，书目多达一百好几十种，既为研究者提供了便利，同时也很有收藏价值，历年来我选择感兴趣地买下了许多。今天我只买了一册，黄人影编的《创造社论》。里面收有一篇徐祖正的《创造社访问记》，记他到宝山路访问创造社出版部，当中写道：“我忽然想起似的向周君道：‘有一位常在创造上作画的是哪一位？’周君就指着眼面前站着的一位青年道‘就是这位叶灵凤君’，我看身穿粗黄夏布短衫裤，戴玳瑁金脚眼镜及一只黑纱压发帽的就是这个精雅的画家叶灵凤君。不知怎的我平素喜欢的诗人画家不是已成名的有了杰作与年纪的，乃是未成名的年青的。因为后者的相像色彩等都有不能限量的富丽。我单能与那些诗人画家们接触，连我自己的生活也从枯寂而变为富丽，眼前的叶君也罢周君也罢以及其余的各位也罢都是年青而有年青人特有的略带羞涩的神情。成了家的文人画家已惯于世俗，习知了成功者的秘诀，极难有初创时代的艺术真率性。我看叶君又自有别致的一个画家样的少年——说青年还不及说少年可以传神那个画家的羞涩。”

说来有趣，转到南墙那里，就发现了一本上海书店出版社为建社二十周年庆而内部发行的纪念文集《书比人长寿》，红色的封面上，烫着一排大大小小的圆点，我数了数，恰好二十，象征着上海书店二十年间所留下的足迹。书中有一篇陈子善的文章，正是回忆“初生牛犊”的他参与

《中国现代文学史参考资料》编辑出版时的点滴往事。陈子善的另一篇文章，谈的是上海书店的内部刊物《古旧书讯》以及精选《古旧书讯》所刊史料文章编辑而成的《百年书业》《书的记忆》和《那时文坛》三书。我眼光一扫，这三部厚书正好站在旁边，每部仅售二十元。《古旧书讯》尽管只是内部刊物，却以积累和抢救书刊史料为己任，记录了民国上海很多文坛往事和书业掌故，文章内容也体现了“三亲”，即亲身经历、亲眼见到、亲耳听到，具有极高的文史价值。就我进行的叶灵凤研究来说，书里就包括了光华书局老板沈松泉、创造社同人周全平等人的多篇涉及叶灵凤当年行状的回忆文章。叶灵凤不仅有多部著作和刊物在光华出版，他还为光华书店的图书装帧做出了开创性贡献，沈松泉就说：“《梦里的微笑》中附有多幅叶灵凤画的别有风格的插图，这是光华出版的第一部带有插图的小说。”沈松泉还写到一九四九年到香港，叶灵凤请他到坚道家中吃饭的情形：“大家阔别多年，又在异乡会面，真是‘他乡遇故知’，彼此都有一种说不出的欣喜。我注意到灵凤和望舒两鬓都已有些花白，回想三十年代在上海时大家都还是二十来岁的年轻小伙子，而今都年近半百，却在异域相见，真有如唐代诗人杜牧说的‘人生何处不相逢’。”

紧挨着这套书的是一本《我与开明》，是中国青年出版社一九八五年的版本，我以前见过却不曾买下，见书品很好且只索价十元，也就收下了。书也是红色封面，右侧竖排叶圣陶的题签，左上角印着开明的出版标记，纪念文章的作者全是与老开明有过因缘的文坛名宿，当中非常有价值的一篇是叶圣陶先生的公子叶至善写的《〈抗战八年木刻选集〉的诞生》。原来这本中国现代木刻史上的“圣经”，是在叶圣陶先生的主持下，仅用了五十一天就编印完成。在开明书店当时没有一个专搞美术的编辑的情况下，能够打造出这样一部现在看来都值得珍玩敬重的精品，确实体现了那一代出版人的敬业精神和专业水准。这种水准体现在每一个小小的细节，譬如这本木刻集不似一般的画册那样，在每一幅画下面都印着画题和作者的姓名，我在看这部书时就此也曾有过嘀咕，原来真实的原因是找不到一种字体跟一百幅木刻画的刀法都相配称，最后决定索性不印。为了不让读者来回翻看目录，还特意加印了一张印有目录的书签。我前几日刚刚斥资淘来了这书的原版，可惜的是里面已经没有了这张用心精巧的书签。

转到西墙那边，几个架子都是七八十年代出版的外国文学名著，这些熟悉而亲切的书正是我在大学时代苦苦追寻的，多数曾经买过，也有一些属于遗珠之憾，精挑细选之后，收下了狄更斯的两部小说，一是人民文学出版社的《大卫·科波菲尔》，一是上海译文出版社的《艰难时世》，都是一九七八年的版本，品相都超过九成，前者上下两卷共要三十元，后者仅要五元。我之选择这两部，除了怀恋年轻时耽读狄更斯的感觉，更主要的是因为它是插图版。《大卫·科波菲尔》的插图作者是H.K.Brown（笔名Phiz），《艰难时世》则找遍全书不见插图作者的说明，由这书是根据Chapman and Hall版本译出的情况考证得知，插图画家应该是哈利·弗伦奇（Harry French）。“文革”刚刚结束那会儿，掀起一股外国文学名著热，半夜排队购书的盛况时有发生，因为时间匆促，一些出版社就拿“文革”前旧版的纸型直接付印，所以那个时候插图本非常多，后来新的版本出来了，不仅没了插图，装帧制作的水平反而降低了好几个档次。我跟店家感叹：“其实‘文革’前特别是五十年代的图书基本延续了民国时期的风格，是有较高水准的。”他对此也有同感，并且说：“五十年代初的旧书价格也给炒上去了。”

说这话时我恰恰看见收银台后面的架子顶上摆着一本薄薄的果戈里的《外套》，是人民文学出版社一九五二年四月的初版，品相好极了，封面设计漂亮极了，书中还有从原书复制的瓦涅齐安和库斯陀基耶夫绘制的插图多幅。我赶忙询问价格，店家冷冷地说：“我劝你不要买。”我问：为啥？他说：“这是我花五十元从别的书店淘的，打算自己留下。况且，即使按五十元的进价让给你，你可能也嫌贵。”我这厢只好忙不迭地恳求他能够割爱。再往角上翻，竟翻出一九五八年版的《裴多菲诗选》和一九六二年版的《海涅诗选》，即使包着塑封也挡不住那股富贵之气光芒四射，轻轻地除去塑封，看到书里不仅附有诗人的肖像和手迹，而且还有多幅漂亮的木刻画和钢笔画，《裴多菲诗选》里还有裴多菲本人画的一幅《贝谟像》。我急急地向店家询问价格，这才发现值守书店的不知何时已经换了另外一位。他扫了一眼书，说这书是非卖品，是庄见果的私藏。接着他向外面喊了一声：“小庄”，小庄就回到了店堂，果然跟我说不卖。我苦口婆心地晓之以理，说什么“开书店的最忌舍不得出手”，他经不住我的死缠烂打，终于妥协了。由于之前并没说到价格，我预想他会给出一个很高的数目，不料他说："就一本三十吧。"说完自己又咕哝了一声："我早应该把它们拿回家去的。"

结账打包时我就跟小庄闲聊，问他书店为什么取名犀牛。小庄说："最早在莘庄有个犀牛书店，我曾在那里工作，后来书店关门了，我就和黄圣在人民广场附近开了一家开闭开书店，不久也结业了。但我们开书店的心始终不死，去年年底他在绍兴路重张了开闭开，我和另外两位书友则在这里恢复了犀牛的名号。"绍兴路的开闭开书店以诗集为主打，吸引了一批爱好诗歌的青年，我本以为他们起此名号是因为喜欢以色列诗人耶胡达·阿米亥的同名诗集，现在听了小庄的一番讲述，才体会到其中另有深意。开了闭，闭了开，开书店也如人生，是一种执着向上的运动。

插图本

盘点这个春天在上海淘书的成果，发现插图本占了太半。已经在其他地方说过的就不重复了，这里特别值得把那本《阿伯拉与哀绿绮思的情书》说上一说。按照梁实秋的说法，“这是八百年前的一段风流案，一个尼姑与一个和尚所写的一束情书。”阿伯拉与哀绿绮思真有其人，他们都是中世纪的法国人。据大英百科全书记载，阿伯拉被某些同时人物认为是自古以来最伟大的思想家与教师之一，由于他既有独立思想，又诲人不倦，因此吸引来大批生徒，这当中就有才貌双全的哀绿绮思。虽然他们相差了整整十八岁，但却产生了恋情，在生下一个儿子之后，秘密举行了婚礼。

哀绿绮思的叔父大发雷霆，贿买凶手将阿伯拉实行阉割以为报复，阿伯拉经此奇耻大辱，入寺为僧，哀绿绮思随后也舍身为尼。这一对恋人生不能结合，各自过着清苦的僧尼生活，死后经过一番周折才并葬于巴黎拉舍斯礼拜堂墓园中。阿伯拉与哀绿绮思留在世间的这一束情书，虽然不过六封而已，却赢得了全世界千百万读者的同情，被称为人间最美丽的情书，叶灵凤甚至认为，莎士比亚笔下的罗密欧与朱丽叶，比起阿伯拉与哀绿绮思，“不仅显得浅薄，而且简直近似儿戏。”

阿伯拉与哀绿绮思的情书有许多版本行世，中国的第一个译本，是一九二八年底由新月书店出版的，译者是梁实秋。据说梁译本问世后，胡适告诉梁实秋，他所依据的不过是个述意本，同时还向他提供了蒙克列夫的英文全译本。但坊间流行的，几十年间也只有梁译这一种。叶灵凤因了喜欢这个凄艳的故事，就根据荷兰一九四七年翻印的一八二四年的英译本进行了重译，由香港上海书局于一九五六年六月出版。叶译的初版本曾在孔夫子旧书网上出现，只在瞬间就给人抢走了，那个别致的封面，那幅富于中世纪风情的插画，看了真让人丢了魂魄也似的。那天去犀牛书店，在一堆杂乱无章的书丛中不经意地发现了一册嫩绿色的旧书，一看竟是台湾九歌出版社一九八七年印行的梁译，书品极好，却只售三十五元，立刻觉着欢天喜地。买回来细看，还是插图本，除去题图之外，另有跨页白描插图六帧。再细看插图上的题款，竟是出自抒情诗人席慕蓉之手。这真是一个三重的欣喜。

叶灵凤好像对民间故事一类的读物格外偏爱，《十日谈》啊，《天方夜谭》啊，《坎特伯雷故事集》啊，一直写了又写，也藏过一些很棒的版本。关于《坎特伯雷故事集》，叶灵凤说："这虽然是一部产生在中世纪时期的作品，而且乔叟所用的是英文古文，但是并不妨碍它至今仍是许多人爱读的文艺作品。"爱读乔叟的确实很多，董桥在《苹果花》里就写：黛西的母亲安妮，也就是英伦藏书家老帕克的第二任妻子，“比老帕克年轻二十岁，端庄秀丽的威尔士女子，乔叟专家，《坎特伯雷故事集》几乎可以倒背”。我那天在文庙旁边那家上海旧书店，踩着人家收银台去翻屋顶的旧书，倏然发现上下两册《乔叟文集》，策马古堡的图画，莫里斯式花边，黄黄绿绿的雅致极了，跳下来一翻，是上海译文出版社一九八〇年的版本，那时我已是大二了，不知何故竟没见过这书。这书的下集包括了《坎特伯雷故事集》和二十首短诗，上集则是另外的六篇创作，基本包括了乔叟的全部作品。说这部文集是插图本不太准确，因为它只在卷首印了乔叟的一帧画像。其实为《坎特伯雷故事集》画插图的著名画家正不知有多少，其中洛克威尔·肯特作插绘的 International Collector's Library 一九三四年的初版我竟以极低的价格淘到一册。除了精装外壳的边角有些轻微破损外，书的品相保存得颇不坏，而且还是毛边本。书里收入整页插图二十四面，蓝黑两色，实际是二十四个人物绣像。与肯特作品通常所表现出的古希腊雕塑一般的唯美不同，这类人物形象颇有些丑怪的感觉，这倒是另一面的肯特。除此之外，肯特还为本书绘制了大量题饰和尾花。莫里斯的凯尔姆斯科特印刷社出版的《乔叟作品集新印》，则不仅是乔叟作品插画，也是凯尔姆斯科特全部图书中的登峰造极之作。书的字体、版型及装帧都由莫里斯本人精心设计。书内八十七幅木刻版画，由莫里斯的好友、拉斐尔前派代表人物爱德华·伯恩－琼斯绘制。书籍印制时间长达二十三个月，总共制作了四百三十八本，当然成了稀世珍宝。我想都没想过能拥有一本，哪怕亲见一眼怕都是不可能的事，但我竟得到了一本伦敦的 CRW Publishing Limitid 二〇〇七年的复制品，大十六开豪华本，布面精装，书口刷金，纸质精良，图版清晰，所费仅二百元人民币。

逛文庙旧书市场的时候，本来发现一册《希腊的神话和传说》，斯威布著，楚图南译，人民文学出版社一九七八年的一印。希腊神话和传说不仅是一种丰富多彩的民间口头文学，而且是西方文学和绘画取之不竭的故事之源，不了解希腊的神话和传说，西方的大量名著名画就会不明所以。斯威布这一版本的特点是取材范围广泛，从多种不同的希腊文献中将凌乱复杂、矛盾歧出的希腊神话和传说加以整理编排，重述一遍，使之前后贯穿，形成一个完整统一的体系。更让人欣喜的是，书里采用了英国画家斐拉克曼（Flaxman）创作的九十六幅插图。斐拉克曼是诗人画家布莱克的弟子，擅长所谓的“轮廓线画”，看上去跟马约尔为古罗马诗人维吉尔《牧歌》与《农事诗》所做的版画非常相似。马约尔比斐拉克曼生得晚，不知是否受过这位前辈的影响。我听说这书才要十元，就想买单，但却发现只是上册，摊主说没有下册，你可慢慢再凑，我寻思哪这么好凑，就扔下走了。不想刚从文庙出去，就在路口的旧书店发现红绳捆着的一套，连连感叹手气真的不错。

在福州路附近的山西南路三十六号，有一家上海外文图书公司旧书门市部，我一直对那里心存幻想，以为既是外文旧书，插图本肯定有的淘，有一天就去了。书店开在一座红砖旧楼的底层，二楼晾晒的棉被几乎遮住了店招。店主就坐在一进门的角落，我问艺术画册在什么位置，他说："不多，就是你身旁那一堆。"我一通乱翻，却没有好看的东西，只有一套一九七〇年代印行的美国女画家卡萨特（Mary Stevenson Cassatt）的画集，打开看了看，只有寥寥数幅，而我喜欢的她那些颇有日本风的作品几乎没有收入，就犹豫着放下了。在店主座位的后边，发现一本一八九九年纽约双日书局印行的吉普林文集，索价不菲，想要也买不起。这时一位顾客看完书要走，很熟的样子跟店家打招呼，店家说已经六十了，不想再干了，没准儿哪天就结业了，那位顾客就开始不停地惋惜，一边惋惜着一边就转回身，说要买两本书不然可能不再有机会了。等他走后我也跟老先生闲聊，说你年纪大可以雇人或者让孩子看店啊，他就说儿子在巴黎哪能替他看店。我说那你去没去过巴黎探望儿子，他说让这店拴着哪有时间去。说得我眼睛潮乎乎的也想买本书作个纪念，选来选去选了一本河出书房新社的文库本，清水彻译的玛格丽特·杜拉斯的《爱人》，虽然日文看不懂，但那款莫里斯风格的封面着实可爱。当我把六元硬币放到收银台上，对面已经换成了老先生的老伴，她瞅着那六枚硬币，眼底不易察觉地掠过了一丝苦涩。

终于有了《鲁拜集》

波斯诗人欧玛·海亚姆（Omar Khayyam）的《鲁拜集》（*The Rubaiyat*），从来都是猎书狂们趋之若鹜的对象，好像不拥有一本像样的《鲁拜集》，就会觉得自己是个伪书迷似的。所以董桥说："《鲁拜集》这样的老经典搜集几十种版本的癖好一点也不奇怪。"他自己就藏着好几种上好的老版本，不仅有一九〇九年杜赖克（Edmund Dulac）插图的布面精装本，更有一九一〇年桑格斯基（Francis Sangorski）亲手重装的绿面大开本。他的那本牛津香港版《克雷莫纳的月光》，前封里就印有一款孔雀开屏的七彩书影，不晓得是不是就是桑格斯基的手工。

做出这种猜测，是因为桑格斯基在装潢《鲁拜集》时格外迷恋孔雀。后来接手了桑格斯基装帧工坊的罗勃·谢泼德说：孔雀经常出现在伊斯兰风格的设计中，喻示着骄傲自大和尘世的浮华，有时也表示对天堂的惊鸿一瞥。桑格斯基善用孔雀图案，恰与《鲁拜集》的东方元素相当契合。桑格斯基曾花去整整两年的功夫，精心打造了一部号称史上最豪华最富丽的《鲁拜集》，不仅以孔雀图案装点，而且一弄就是三只。说来这部《鲁拜集》真是名副其实的豪华富丽，光是各种颜色的羊皮就拼接嵌入了四千九百六十七块，各种宝石更是多达一千零五十颗。不过，兴许是桑格斯基的装潢太过妖艳奢华，或者真的如人所说《鲁拜集》是一部“厄运追随”的“亡命之诗”，当它被人拍走准备运往美国时，竟和同样豪华无比的铁达尼号游轮一起葬身大西洋底。更可怕的是，沉船不到十个星期，决意要重装一部《鲁拜集》的桑格斯基竟同样以溺毙的方式结束了自己年轻的生命。“书和人一样，各有吉凶运数。”伦敦书店街 Cecil Court 一位老书商的喁喁低语让人齿冷，真是一句话说到了痛处。

我虽然很早就读过《鲁拜集》，但以前并不知道围绕着《鲁拜集》还有如此惊心动魄的故事。最先读到的是郭沫若的汉译，一百零一首，四百零四行，虽然说不上首首精彩行行惊艳，但总有一些篇什值得细细玩味，像编号二十九的那首，到现在我还能倒背如流：“飘飘入世，如水之不得不流，／不知何故来，亦不知来自何处；／飘飘出世，如风之不得不吹，／风过漠地亦不知吹向何许。”郭译的底本是英伦天才菲茨杰罗的经典英译，《鲁拜集》之被口口相传，多亏了这位绅士的演绎。董桥说过：“都说译文是借句发挥不是依句翻译，海亚姆笔端飘下一片落叶，菲茨杰罗的稿纸上瞬间是满山的秋色。”郭沫若亦是天马行空之辈，他的稿纸之上自然也是层林尽染。一九二三年泰东书局的郭译初版我没见过，坊间能见的几种新刊无一不是粗制滥造之作，令人一见之下就要感叹：如此随意地对待这样一部无数顶级大师倾力雕琢的天书，真是无知无畏到了顶点。

春天在上海的时候，认识了年轻的书商阿罡。他虽则在孔夫子旧书网开着一家版画书斋，却没有实体店，那些西洋珍本古本都在家藏着。我有些冒昧，尚未谋面就打电话问可不可以到他府上看看书。他客气地说家里太乱，还是找个咖啡店什么的为好，他可以把书带出来。不想见了第一面之后的两天他就打电话过来，说跟你聊书有意思，什么时间有空可以到家里来，我开车去接你。去的时候赶上雨天，阿罡的家不仅不乱，而且琴声悠扬，一窗青翠。甫一坐定，阿罡就忙不迭地从柜底一一捧出他自藏不卖的宝贝，光是珍本《鲁拜集》就有好几种。有一种封面镂刻着开屏孔雀的，底本正是董桥梦寐以求的 Hodder & Stoughton 一九〇九年出版的杜赖克插图本。阿罡说："得到这部书，我在伦敦的酒店里一连三夜兴奋得无法入睡。尽管差不多掏空了我的积蓄，但出手那一刻一点儿都没犹豫。"我小心翼翼地前后翻阅，连说董桥怎么就如此痴迷杜赖克的彩绘，要我还是觉着黑白的版画更富韵味。而且，尽管他也说，"书籍装帧要有书卷气，要清贵不要华贵"，但他总还是拣华贵的买。

许是阿罡看透了我更喜欢清贵一些的，准确说是看透了我买不起华贵的，就找出一册普通一些的版本给我，打开线描彩绘装饰的书盒，红色摩洛哥羊皮的封面以及烫金的线描女体便如出水芙蓉一般展现在眼前。大略一翻，知道是一八三四年创始于纽约的 Thoms Y. Crowell Company 一九六四年的出品，出版说明里说，这个版本是该社推出的最新版本，而自一八九六年以来，他们出版的各种版本的《鲁拜集》已经超过八十种。这个版本不只版式疏阔，用纸、字体亦均讲究。十六幅钢笔线描插绘则出自美国画家 Eugene Karlin 之手，虽然不及杜赖克和鲍弗尔（Ronald Balfour）令人目醉神迷，但这种极简之风反而暗合我的趣味。这时想起董桥到手桑格斯基重装的“有点傲慢有点严实有点贵气”的《鲁拜集》之后说的那句话：“这部《鲁拜集》带给我的其实不是宁静而是激荡”，就想说：“到手这样一部《鲁拜集》，我没有激荡，只有宁静。”

买童谣

姜寻太知道我喜欢竹久梦二了，所以只要他的模范书局一添新货，必定会在第一时间通知我，每一次通知都会勾魂一样立刻把我勾到杨梅竹斜街。这一次添的是一本梦二编的日本童谣集，姜寻拿给我时，只消一瞥就感到漂亮得犹如乱花迷人眼。乱花迷眼的首先是外面那个函套，两面各印一幅梦二的彩绘。正面那幅是一个哺乳的母亲，日月星辰河川谷物家居家禽在她身边点缀铺陈，极富装饰趣味。背面画一个长大了的孩童，在江边的乱石上健步行走，远处帆影两点，燕子正展翅飞向远天。取出书来，更让人欢喜不置，紫绢的书脊，黄色的人形，三面书口都刷成杏黄，要多雅致有多雅致。那一行汉字“日本童谣集”只是副题，大字的书名都是假名，乱乱的不明所以，翻到卷首那幅两个女孩翻花绳的画，才猜出这是梦二在大正十一年出版的《翻绳采风》，这一本的书名页上写的是“东京日本桥 1922 春阳堂新版”，比初版刚刚晚了两年。姜寻特意翻到版权页，指着“大正十一年十二月二十七日印刷”的字样，含含糊糊地说：“也不知道是不是复刻本。”其实我已经看到了页尾那一行不易察觉的小字：“名著复刻 日本儿童文学馆 昭和 49 年 2 月”，只是不想把他这一种小小的“把戏”说破。其实单论复刻的年代，也有些年头了；况且，即使是名著复刻书，做工也只会比原著讲究。前些天去南剪子巷蜜蜂书店新开的古本屋，也看到一排近代文学名著复刻，当中就有桥口五叶为夏目漱石设计的《我是猫》，喜欢得我久久舍不得放下。可惜他们不拆开卖，要是整套买可不是个小数字，犹豫了半天终于一咬牙决定拿下，待要结账却鬼使神差地让店员给他们老板打个电话求个折扣，谁知老板回话说价格录入错了，一张口就涨了四千大洋。我当即发毒誓说，这个黑店我再也不来。姜寻就不同，虽然也做生意，有时也有一些孩子气的“狡黠”，但终归人家是在做生意不是开慈善粥铺，况且这老兄给我打起折来有时还不惜吐血跳楼。这天书选好了就非拉我到阁楼上喝咖啡，聊高兴了连送我三本有关他老师张守义书籍装帧手稿的册子，有的是毛边本，有的是限定版，珍稀不说，那份书友之间的温情，也比喝一杯手磨的咖啡还有味道。

失而复得的书

藏书多了也有烦恼，总要为无处安放它们而发愁。鲁迅当年在上海的时候，人在施高塔路大陆新邨住着，书却放在溧阳路一幢红瓦灰砖的小楼里，那是他专门赁屋设置的藏书室。那天在模范书局后院阁楼上跟姜寻喝着咖啡闲聊书事，他说他的书没地儿放有一部分都放到了天津。我没有那么多房子，也没有闲钱租一个藏书室，就家里一处办公室一处分别放着，这样的坏处是找书不易，用起来也很不方便。这些天就一直被一件事折磨着——那本我非常喜欢的 Vania 画集怎么找也找不到了。几乎到了绝望的时候，突发奇想拉开办公室壁橱底部一个久不打开的堆放杂物的柜子，却赫然发现一柜子都是书，不光那本 Vania 在，还有许多都是我差不多已经忘记了的精品。虽然它们原本就没有丢失过，我却油然生起一股失而复得的感觉。

Vania 是我在新张不久的 Pageone 三里屯店偶然买到的，看到他的画的一刹那，我的反应就跟曾经与他对话的 Uleshka 的描述一模一样：Looking at Vania’s work now，we cannot help but be shocked，intrigued，touched，and tempted at the same time。Vania 的画风跟比亚兹莱有许多相似之处，颓废，神秘，情色，怪异，但他显然属于比亚兹莱的加强版，画技强了许多，画面也更丰润，更重要的是，尽管他也习惯表现怪力乱神，但画中的人物尤其是女性，却美得让人心颤，而那种美又兼具东方的外形和西方的神韵。也难怪 Vania 会超越前人，他既是一个神童，又接受过专业训练，不似比亚兹莱，纯粹靠自己在那里琢磨。Vania Zouravliov 出生在俄罗斯，母亲是一位画家兼艺术教师，四岁之前他就开始在母亲的指导下练习绘画，十三岁就参加国际画展，并到巴黎、坎特伯雷、科尔玛、柏林等人文胜地游历。在爱丁堡艺术学院完成学业后，他定居英伦，为书籍杂志影碟唱片绘制了大量插图和封面，当中还有各种各样的情色小说。我后来有机会到国外的时候，一直试图能再找到 Vania 新的作品，却一直没有如愿。

说到 Vania 与比亚兹莱之间继承与发展的关系，我后来在香港诚品买到的一本画册表达得最清楚。我们都知道比亚兹莱是《黄面志》（*The Yellow Book*）的第一任美术编辑，他的艺术符号也就被人们定位在了黄色。我买到的这本画册则取名《紫面志》（*The Purple Book*），显然是由前者脱胎而来。书中不仅展示了以 Vania 为代表的一群趣味相近的画家所创作的书籍插绘，更提到了他们的祖师爷比亚兹莱，乃至比亚兹莱老师辈的拉斐尔前派的罗塞蒂等人。Angharad Lewis 在导言中说：在颜色部落中，紫色代表着感官诱惑、颓废、性欲、神秘、宗教和死亡，其实这些标签与我们解读比亚兹莱的黄色并没有什么二致。无论黄色还是紫色，这一类画家有一个共同特点，就是与文学结合得非常紧密，他们不仅喜欢为文学作品插图，自己也往往具有写作的天赋，所以又可称为文学性的画家，这也正是我素来痴迷于此的重要因素之一。相比之下，那些徒有高超画技却没有多少文化素养的画家，充其量只能算作画匠。有意思的是，由他们画插图的那些作家，无论是爱伦坡、波德莱尔，还是王尔德、乔伊斯，其文学作品大多也属于黄色或紫色那样一种颜色，这也就使得绘画与文字之间具有了一种相映生辉的关系。两相比较，插图给人的感染力无疑更直接，就像董桥在《今朝风日好》中说的："作家巴里的创意再丰盛终究抵不过画家赖格姆那管神奇的笔。"

比童话更美的是插画

《杨柳风》（*The Wind in The Willows*）也是一部无心插柳之作。据说，四十岁才结婚生子的格雷厄姆非常疼爱迟来的儿子，从他四岁起，每晚睡前都要为他讲一小段动物故事。最初是蟾蜍，后来加进了鼹鼠，再后来又有了河鼠和獾。日复一日，孩子听得入了迷，父亲讲得上了瘾，索性就把它写成了一本童话。甫一上市，《杨柳风》就红遍英伦，紧接着越洋到了美国，再后来就风靡了整个世界。四个小动物确实可爱，泰晤士河的四季光影格雷厄姆铺陈得也够迷人，甚至画插画的舍巴特都说，“有些书根本不用配什么插画，《杨柳风》就是这样一本”，但插画的魔力仍然不敢小觑。董桥说："插了舍巴特的画，这部书真的不一样了，灵活了，鲜丽了，温情了。"董桥的老友伦敦旧书商威尔逊也说："我常在想，没有这些插图，米尔恩的书会那么红吗？"比童话更美的是插画，这样说可能有些过火，但没有插画的童话，读起来还有什么意思？艾丽丝偷看姐姐读的书，发现书上没有插图没有对话，也忍不住吐槽："...and what is the use of a book without pictures or conversations？"

我跟艾丽丝属于一路人，打小就耽买耽读有插画的书，到老来这倾向似乎有增无减。《杨柳风》我买过安徽人民和三联书店两个版本，都是杨静远翻译，都是赖格姆插图，但都不十分理想。一个倒是彩印，开本却是我最不喜欢的杂志大小；一个开本可爱，插图却没有上色。没有上色的赖格姆就不是赖格姆，董桥说"作家巴里的创意再丰盛终究抵不过画家赖格姆那管神奇的彩笔"，夸的也只是他的"彩笔"。但赖格姆的"彩"总有些故意做旧似的雾嘟嘟的感觉，比不上舍巴特那么鲜丽那么青翠那么透明。其实赖格姆的插画远不如舍巴特年代久远，虽然赖格姆很早就收到过为《杨柳风》插画的邀请，却因正忙于《仲夏夜之梦》而与之失之交臂，但他是如此喜欢这部书，喜欢书中那些可爱的小人，所以几十年后当他重又接受这份工作，竟一时激动得不能自已。他把生命中的最后一丝气力给了《杨柳风》，而且没有活着看到这个经典版本的出世。舍巴特虽说也不是为《杨柳风》插画的第一人，却比赖格姆整整早了十年。一九三〇年初秋，他到潘伯尼的 Church Cottage 与作者格雷厄姆见面，已经垂垂老矣的格雷厄姆只对他说了这样一句话："我爱这些小人儿，对他们好一点儿。"舍巴特果然不负重托，画起这些小人儿来比画小熊温尼还要卖力。可惜的是，不等他全部画完，格雷厄姆就已撒手人寰。

也不知是格雷厄姆带火了舍巴特赖格姆，还

是舍巴特赖格姆带火了格雷厄姆，反正有舍巴特赖格姆插画的初版本是越卖越少越卖越贵，要是想把舍巴特赖格姆分别找齐，更是一件不敢奢望的事情。有一天我碰上一大册 Norton 出版的“注释本”《杨柳风》，打开一翻就乐了：岂止是什么“注释本”，简直是插画的“百衲本”，不仅同时包括了舍巴特赖格姆，就连比他们更早的插画家，包括第一个为《杨柳风》做装帧的 W.Graham Robertson，靠在华盛顿国家动物园写生自学成才却不肯给动物们穿件衣服的 Paul Bransom，画《杨柳风》的女性第一人 Nancy Barnhart，跟赖格姆一样喜欢把树画成人的 Wyndham Payne，也都一网打尽。把这些老画放在一起，比较同样的场景他们画得有什么不同，真是一件别有趣味的事情。这会让人想起我们儿时常做的那些把戏——总把插画与文字相对照，若发现有一处细节不同，都恨不能失望上三天三夜。说到底，我们偏爱童话偏爱插画，不过是一种对往昔岁月的怀旧与不舍，昨天夜里喝茶的时候，我跟女儿闲聊《杨柳风》，她就立刻联想起她儿时每晚入睡前我给她讲过的那些故事。

心愿

海莲·汉芙（Helene Hanff）的《查令十字街 84 号》（*84, Charing Cross Road*）被誉为“爱书人的圣经”“世界爱书人的接头暗号”，为它痴迷的读书人不知有几多。但我却从来没有写过它。没写过是因为别人已经把好话说尽了，再没有什么新鲜辞令了。“写书虫书事写的扎实精彩不容易，”董桥说，“Helene Hanff 那本《查灵歌斯路 84 号》倒是异数，几封买书卖书的信札凑出了一本书缘绝品。”这话说得一点没错，确实就是“几封买书卖书的信札”，又确实称得上“一本书缘绝品”。董桥的文字不光好看，有时也真是到家的要命。也在英伦住过些年的恺蒂，有篇题为《书缘·情缘》的长文，写的也是海莲·汉芙，“书中自有颜如玉，红袖添香夜读书，这都是男人们近乎梦想的宣言”，恺蒂感叹。《查令十字街 84 号》终究也逃脱不掉“被好心的好事者演绎成一曲情感故事”的俗套。说的是安妮·班克劳夫特与安东尼·霍普金斯领衔主演的那部电影，电影介绍中称，“这部片子旨在反映两种爱情，一是汉芙对书的激情之爱，二是她对德尔的精神之爱”。我读《查令十字街 84 号》，也读出了情感，但却不是“情缘”，而是“温情”。董桥道：“说的是书，其实书只是背景，凸显的是物质匮乏时代人与人的温情，是美国老小姐和英国拘谨绅士一放言无忌一欲露还藏的性情。”这话我一半同意一半不同意，同意的是“温情”，不同意的是“背景”。纯粹的书之爱未必不能演绎出一场轰轰烈烈的故事。

我有一册英文版的 *84, Charing Cross Road*，企鹅出版社一九九〇年的版本，是不是一九九三年在纽约游学时所买，已经全无印象了。总之我并不十分喜欢企鹅的风格，觉着商业气远远多过书卷气，除去一款还算说得过去的封面，那种又黑又轻的再生纸钉成的册子，就跟满世界相貌相同的麦当劳一样，一点儿个性都没有。那一年，海莲·汉芙还在世，我在中央公园遛弯儿时是否曾与她擦肩而过，也是天晓得的事。不过很多年后我确实到过伦敦的查令十字街，也想起过海莲·汉芙在书里说的最后一句话："但是，书店还在那儿，你们若恰好路经查令十字街 84 号，请代我献上一吻，我亏欠她良多……"但那个时候我的兴奋点是奥利弗·温德尔·霍姆斯，一门心思要买一本他的传记，竟没有想起来在查令十字街淘一本英伦原版的《查令十字街 84 号》，事后追忆，不住地骂自己不解风情。有一天，在网上书店浏览，突然发现一本纽约 Grossman Publishers 一九七〇年的初版本，红色的棉布封面，参差错落的几枚邮戳，真是古朴雅致的要命，兴冲冲正要下单，却被网页底部“已售”那两个冷冰冰的黑字兜头泼了一盆冷水，那一刻，感觉就像千里迢迢赶来伦敦的海莲，面对空空如也的查令十字街 84 号，“眼泪差点儿要夺眶而出”。虽然后来我陆续拥有了时报文化的繁体字版、译林出版社的藏书票版以及新近推出的附一款盈掌别册的珍藏版，但是，寻到一册上好的英文旧版，仍旧是我的心愿。

知有人家夜读书

董桥从《苹果日报》荣休，那一刻的感受，不是一个黄金时代的结束，而是一个黄金时代的开始。听说过他在荣休之后出的第一本书是《读书人家》，却一直到了香港才得一睹真容。全书的第一句话是："是木刻画，刻伦敦一所红砖老房子，门庭清幽，花木扶疏。"文字之前，先有了罗莎琳·柏丽斯那幅木刻画，当然让人喜爱。画底下还有威廉·莫里斯的一段文字，我看不清，好在有董桥的翻译，核心意思是说，最重要的艺术品是一所漂亮的宅院，然后是一部漂亮的书。住漂亮的房子读漂亮的书是人生雅致的慰藉。这话当然赞成极了，但穷酸如我辈也不敢把掌声弄得太响，因为对我而言，不仅漂亮的宅院有心无力，便是一本漂亮的书，也不是想买就能买。然而穷则穷矣，也不妨碍我们与董桥莫里斯他们产生精神上的会意。董桥翻出夹有那幅木版画的笔记本，碰巧看到年青时抄录的晁冲之的一首诗："老去功名意转疏，独骑瘦马取长途。孤村到晓犹灯火，知有人家夜读书。"有些东西我们追求不得，有些东西我们说舍却是能舍。

莫里斯把漂亮房子排在首位并不奇怪，因为他本身就是一个崇尚"为生活而艺术"的唯美主义建筑家。他不光认为"建筑才是最大的装饰艺术"，而且身体力行，开起了装饰艺术工作坊，壁纸、挂毯、家具、桌巾、彩绘玻璃，样样都做得精美。在他刚到伦敦打拼时，与好友伯恩·琼斯一起租下罗塞蒂住过的一个房间，亲手把它改造为中世纪趣味的装潢。伯恩·琼斯是拉斐尔前派的代表画家，在我看来他的绘画比罗塞蒂画的还要美。在他二十岁那年参加牛津大学入学考试时，碰巧与莫里斯邻座，由此两人就成了毕生莫逆。莫里斯后来成立 Kelmscott 出版社，全力打造漂亮的书，就得益于伯恩·琼斯的鼎力相助。他们两人，一个擅长花纹图案，一个长于木刻版画，Kelmscott 的许多经典作品，每一页都是他们两人珠联璧合的共同创作，当中最享盛名的无疑就是那部传世的乔叟故事集。虽然我只拥有一册复刻本，但却足以使我欢喜不置。至于 Kelmscott 的原书，我在上海书人阿罡的家里见过几种，把玩摩挲之间，似乎回到了维多利亚朝那个充满装饰趣味的美好年代。

偷书的雅好

《卡萨诺瓦是个书痴》，是一个系列当中的一本。这个系列的封面都差不多，所以一直自信地以为这一本也有了。等到有一天发现其实没有，各个书店里也都没了。只在万圣书园发现唯一一本，但破破烂烂的样子恐怕再也卖不出去了。从此以后，就以为与它无缘了，谁又能料到，这种无缘其实是孕育着更大的缘分——它的繁体字版在某个书店某个角落里正静静地等着我来。这书写的是书痴，也最适合书痴看。当中一辑窃书贼简史，直看得人目瞪口呆——原来有那么多达官贵人都有偷书的雅好。比如一位红衣主教多明尼哥·帕什内，他拜访一家修道院时，要求进入他们的图书馆，表面上是进行研究，实际上，他反锁房门，把珍贵的图书从窗户扔出去。我就想，书痴的种种行状，我差不多都具备，但好像只有窃书这一手不曾染上。孩童时代欠过书店几毛钱，几十年间偶有两次借了别人的书未还，但真正的窃书，确是没有。不过不行动是一方面，动没动过私念却是另一方面。早年在哥伦比亚大学，中国法中心来了位女秘书，我一直以为她是黑人，后来才知道，虽然肤色黑，她却是斯里兰卡人。有几天她替一位外出度假的教授看家，就把我们一干学生邀集到那里搞餐会，客厅里有一个橱门紧锁的原木书橱，整整一橱都是我最喜欢的关于书的书！馋得我恨不能把那玻璃门砸了。又有一年去法国最高行政法院访问，索维院长兴致勃勃地请我们喝香槟，带着我在他办公室到处看，其中也是一个上锁的书橱吸引了我，里面全是法国文学名著的初版本。见我眼睛直勾勾盯着书橱，索维院长打趣说："这些书都是国家资产，别看在我办公室放着，钥匙却由专人掌握。”我也是猛瞅几眼了事，在那种地方，就是偷偷地闪一下偷的念头，都是不可能的事情。

人们通常把偷书的人称作“雅贼”，“贼”而又“雅”，就融进了几分同情几分赞佩。春天在上海，认识了一位开书店的朋友，他们几年前在南京西路经营“开闭开”书店时，就发生一桩有趣的故事。一位经常光顾书店的顾客讲：“那戴粗边眼镜的女孩问我：‘你是不是有很多书？我看你总是买书。你有多少书？’我环顾了四周的书架，心里默数一番，告诉她和这个书店的书差不多。她羡慕起我来，告诉我她也想要那么多的书。她在这里看店，每天看一本书，每一本都喜欢。她悄悄告诉我，每一个礼拜三，她会从这里偷走一本书。上周偷的是史蒂文斯的《最高虚构笔记》，这周想要偷特拉克尔的诗集，可是怕偷不成，因为这书只有一本了，况且放在很显眼的位置。她本来想偷保罗·策兰和马拉美的诗集的，可惜被他们卖掉了。我问起她最喜欢的诗人和作家，她犹豫了半天终于没有回答，只是说她都挺喜欢的，大概，也许，还没有找到真爱。”

听完这个故事，我沉默了良久，我想说的是，我们习惯了作秀，我们一辈子都在假面舞会晃荡，但我们都不如南京西路上这个偷书的女孩来得更真诚。

人生太短，好书太多

昨晚睡到中途突然醒了，顺手抓起枕边的《读书随笔》，一下子看到叶灵凤说了这样一句话："人生太短，好书太多。"觉着说得太有味道了。说这话的灵凤不过三十上下，却好像很有了些人生的况味。叶先生活了七十一，算得上古来稀了，但他生命中的最后几年，一直困扰于眼疾，有那么多好看的书，却看不清。不过比较起来，海涅才叫不幸，他活了不到六十，而且，刚过五十，"因了筋骨痛就渐渐不能行动，终于成了半身不遂症"，缠绵病榻，长达八年，双目失明，肖像憔悴。叶灵凤曾经专门写文，为海涅晚年的残疾而心痛。同样让他心痛的，还有海涅颠沛流离的生涯。他不容于祖国，他的著作随时遭禁，他不得不流亡到巴黎，但同时，他的祖国却无人不吟咏着他的情诗。写这些话时，叶灵凤同样还没有料到，几年之后他自己也会去国南下，北望神州无归处。木心对海涅评价也高，说他“称得上是浪漫主义的儿子”。这个骨子里一点儿也不谦虚的中国才子，却由衷地承认，“他的散文，我没有一篇不佩服”。他也佩服失明卧床之后的海涅写给妻子的那首诗：“亲爱的，我知道我死后你会常来看我。来时步行，回去千万坐马车。”他说：“我当时看到这首诗，心头一酸，一热。这才叫诗（二十多岁写不出的，非得老了来写）。”木心老了之后写的那首“从前的日色变得慢/车，马，邮件都慢/一生只够爱一个人”，其实也是这味道。看来，不只为了多看一些好书，就是为了老来能写出这么恳切朴实的诗，人生也不能太短。

放浪梦想

台北的爱书人李志铭，是这几年新添的关注，他那几本有关“藏书记忆与装帧物语”的书，一本一本竟都收齐了，而且每一本的得来全都自自然然不费半点儿周折。不禁想起李志铭非常喜欢的老一辈淘书客经常挂在嘴边的一句话：“表面你以为是‘人在找书’，暗地里往往却是‘书在找人’。”李志铭的那些书可能真的都是在静静地等我，也未可知。新买的《读书放浪》，写得更感性，所谓南面百城，放浪不羁，一任自己在书海里寄寓执念，读起来，也更多了些会意会心。但选择读起的第一篇，却是《台南旧书店行脚》，因为府城的书卷香、烟火气、古早味，曾经给我留下那么美好难忘的印象。府城的旧书店，李志铭也是从与孔庙隔街相望的草祭二手书店写起，又让我想起与书店老板蔡汉忠站在店外的一通闲谈。记得我曾谈到日本装帧对于台湾图书影响明显，他对此极为称是，并说从民间搜购了不少日文旧书。可惜那阵书店正搞装修，我无福进店消受，而蔡先生正是一身工装，两肩灰尘地与我神聊。那场景，也算得上一段书林佳话。《读书放浪》就像专为我俩的谈话作脚注似的，三分之一篇幅，都是在考订近代东洋的装钉浪漫，当中写竹久梦二的一篇自然更觉亲切，他把梦二“多情的忧郁，青涩的怅惘”拿捏得也足已到位，但更为引起我兴趣的，却是另一位短命天才桥口五叶。他只活了四十岁，却凭着为夏目漱石《我是猫》的书籍设计而永远长存于册页里。《我是猫》之后，夏目漱石的一系列著作，一直就由五叶操刀了。

写读书放浪的李志铭，还是位黑胶发烧友。有次在铜锣湾的诚品，正好看见他一本新著《单声道：城市的声音与记忆》，写的全是他的台湾黑胶珍藏。我当时拿起又放下，放下又拿起，最终还是没买。人的爱好正与他的精力成正比，要有舍才有得。我对视觉艺术痴迷之后，听觉方面的享受自然就要让位。其实，那阵儿我刚刚发过一次烧，跑到半山的摩罗上街，在一家欧美旧货铺买走了一架老式黑胶唱机。这一举动不仅害得自己与航空公司交涉超重事宜，还牵连阿倩带着同学从学校大老远跑到土瓜湾帮我从十楼往下抬行李。到现在那旧机器也不会安装，倒引得当家的开始对我紧缩银根。所以胡乱爱好也难，放浪只是梦想。

苏枕书

地安门一带总还算残留几分旧京的痕迹，所以爱去。有一日，街角惊现一座簇新的仿古建筑，让周边破旧低矮的老屋一衬，很有些鹤立鸡群的感觉。建筑旁竖一说明牌，称这是雁翅楼的复建。雁翅楼原是地安门的戍卫建筑，与地安门同时建于明永乐年间，因远观好似大雁张开双翅，故此得名。一九五四年，为解决交通问题，雁翅楼随地安门城楼一起惨遭拆除。这几年，突然兴起一股复建风，蹩脚的仿制品，怎么看怎么别扭，真是早知如此，何必当初。聊堪安慰的是，新的雁翅楼开辟成了中国书店的二十四小时店，于是进去一逛。店面并不比海王邨大，新书一半，杂乱无章；旧书一半，几无可观。正要悻悻出门，却瞥见一本《京都古书店风景》，乃是中华书局新刊，责任编辑恰如所料是善做书话小精装的李世文。曾去李世文办公室作一席之晤谈，还送我一堆毛边本。他的眼光自然值得信任，因此也不细翻，便掏钱买下，归途车上即启封开读。作者现居京都，对鸭川两岸的大小书肆自是熟稔。那些个老店，光听名字，就如闻见一阵书香。其中寺町街三条路口的竹苞楼，店名来自《诗经·小雅·斯干》："如竹苞矣，如松茂矣。"而那书楼，已有一百五十余年历史，是典型的江户时期古本屋的样式。书店的创始则更早，已有两百八十年风流。读至此，忍不住又为雁翅楼什么楼的之永远消失惋恨不迭。

一边读着苏枕书老道专业不徐不疾漫谈京都古书店的文字，一边想象这肯定是一位渊博儒雅的老夫子，脑海里闪出的竟是苏州爱书人王稼句那样的模样。并且还在臆想苏枕书究竟是如何从南通移居京都的呢？不成想网上一搜，下巴几乎从脸上掉下来。苏枕书原来是个一九八八年出生的小女子，而且迄今已有好几本著译问世。那些小说也就算了，但那几本写日本的随笔，《尘世的梦浮桥》《燕巢与花事》《藤花抄》，实在让人惦记。抽空就去了三联，请店员检索，一溜儿全是缺货。又去了万圣，新来个清秀的女孩儿，很是敬业，又是跪着钻底柜，又是攀梯够顶柜，好一通折腾，真给我翻腾出一本《尘世的梦浮桥》，拿书在手，我是亦喜亦忧，喜的是总算没有扑空，忧的是还从没碰上过这么破的书。难道这次真的要破戒，降低自己挑剔的标准？犹豫之间执书闲翻，猛然看见当中有一篇是《昔日的歌——梦二》，刚刚还说苏枕书不可能不碰上梦二呢，因此破也要买下来。有意思的是，接下来又发现，苏枕书在京都读的竟然是法律，又一个从法学院逃逸的诗人！苏枕书买书的范围也杂，多是比较稀见的和汉旧籍，偶尔也有买法律书的记载，比如在临川书店买到了民国二十七年商务印书馆印行的《历代刑法志》，在福田屋书店用一万日元收下了《清国行政法》。一九六七年创文社版兹贺秀三的《中国家族法原理》，也让她在井上书店遇到了。那是一个黄昏，店主井上念她学生清贫，特意为她省去了零头。井上老头一边仔细为她包书，一边笑说：“刚收来的旧书，这么快就找到合适的主人，想必原来的主人也可安心。”苏枕书一瞅，扉页上果真钤着一枚朱红的藏书印。

旧时光

有一天妹妹说，也不知小时候你那些小人书还在不在。我说肯定不在了。十六岁就离家远游，三十五年间父母也搬了几次家，旧物早就淘汰得差不多了。但当年攒得确实多，差不多有几千册。很多小人书的画面我至今还记得，尤其是高尔基的《童年》中的那幅：哈皮希望回到他出生的城市去，在拼命积钱。可是他已经记不起故乡的名字，只记得它在卡玛附近离伏尔加河不远，于是编了一支歌大家唱着开心。这首歌是：“卡玛一座城，在哪里？我们手也摸不着，脚也走不到……”他们几个玩伴是骑在一个木栅上唱这支歌，那画面，连同那支歌，像刀刻一样深深烙在我的记忆里。

我跟柜台一样高时就泡在县城里唯一的那家书店，是在城中心十字街的西南角，我们都管那地方叫鼓楼底下。早年真有鼓楼，等我记事时已经拆了。鼓楼往西，一条街全是牌坊，也给拆了。但城墙那会儿还在，我跟小伙伴们常常逃课，在城墙上一走就是一圈儿。长辈们经常叨念一句顺口溜：南关到北关，五里零三砖。家住得靠南，南关就去得多些。南关有个古丁桥，石拱古桥，桥旁立着一木牌坊，是很有故事的。我上大学走时还在，后来也没了。谢其章写买旧书有句话："向旧时光投去最后一瞥以示诀别"，而我跟我的旧时光，我的古丁桥，我的小人书，竟连诀别的机会都没赶上。

但疯狂追寻旧时光的人总在。这天买到一本《浮生旧梦说连环》，作者蔡小容，写的是着魔一般重购她曾经拥有过的连环画，因为她在武汉老家里的儿时旧藏也都纷纷散轶了。她常常梦见回到儿时熟悉的书店，惊喜于满架的连环，直让人会意频频，我也梦里常回去的。一直想，怎么突然就不珍惜了呢？可能是觉得长大了，该看大人看的东西了。谁知许多年后才明白，人原来是永远长不大的。

丑为

看到钱君匋早年为《河北文学》设计的封面，让我想起了许多尘封已久的往事。在我能够阅读杂志的年月，那份杂志已经改名为《河北文艺》，这在“文革”当中是个普遍现象。但我却找来了它的前身，而且，尽管只是个小学生，我竟能分辨出还是旧的东西好。我到现在还记得当时看到的“文革”前老杂志当中的一些篇目，比如艾芜的《南行记》，比如李满天的《杨老恒根深叶茂》，小说中的意境深深植入了脑海当中。要说的是我从哪里得到的这些禁书。在我们县城北关，有一幢门窗全被封死的老房子，是个庙宇还是什么我的记忆有些模糊，但听高年级学生讲，里面封存的全是禁书，他们有人曾经钻进去偷出一些。我年纪小胆子还没到，不曾铤而走险。但猫有猫道狗有狗道，我的供货渠道就是丑为。

丑为是个瘫子加罗锅，黑瘦枯小的，靠着在鼓楼底下摆摊卖烟叶过活。他好像跟我父亲有什么关系，所以我就认识他，我总是称他伯伯。他卖烟叶的包装纸都是旧书旧刊，老的《河北文学》就是在他烟摊上发现的。我为了从他那儿淘宝，几乎每天都要到他摊子上泡一会儿，也不计较他一身呛鼻的烟草味道，和他身材相貌的丑怪。他家离我家很近，我更是时常去他家的旧书堆中翻腾。有了好东西，他也总是给我留着。他的妈妈待我们兄妹很亲，听大人只言片语讲，她改嫁过好几次，黑黑瘦瘦的脸上满布皱纹，现在想来，那种沧桑感，像极了珂勒惠支木刻中贫病交迫的妇人。丑为有两个妹妹，一个叫丑闺女，一个叫小丑，不过都不丑，而且很阳光，不仅帮着照看过我的小妹，后来还照看过我妹妹的女儿，到现在还跟我母亲妹妹她们时常往来。

对于丑为的加深了解，是稍后几年的事。原来他跟我父亲相熟，是因为曾经他们都是县里的业余作者。他们都写过长篇小说，可惜都未能出版。我父亲写的叫《衡水湖》，丑为写的叫《时代的风格》。记不得是不是“四人帮”倒台之后了，听说有家出版社还让他对小说进行修改呢。我见过那一捆写在方格稿纸上的手稿，非常工整清秀，很难想象它会出自他的手。后来我就离家远游了，丑为什么时间没的我也记不十分清楚了。后来我真的在《河北文学》发表了诗作，尽管只有这一次，却让它跟丑为具有了一层关系。我在想，尽管我在写作一途上不会搞出什么名堂，但我会记起在我文学启蒙时期，曾有丑为这样一个人物出现在我的生命里。

闲花

沈胜衣痴迷于花木经、方物志，显然也有叶灵凤的影响。他去香港正是三月天，三月里耽读叶的文章《三月的树》。叶先生说，初春的香港除了看花，还有一种美丽的东西可看，那便是树木的新叶和嫩芽。所以叶先生这姓取得也巧。胜衣兄在香港买到饶玖才《香港方物古今》，也不忘把它称作叶先生《香港方物志》在城市化新时期的后续新篇。真是跟我一样的毛病。沈兄追尾前辈先贤，爬梳古籍今著，花木篇什越写越妖。这一本《闲花》，又令人不忍释手。五月木棉飞，野草闲花作近邻。犹记得凤凰花瘦，朱黄各幽情。埋头律条的我辈，胡须倒如草木萋萋，面对沈兄的闲在，只有艳羡的份。

有一次湖畔借宿，只带了沈胜衣这本《闲花》。无聊间玩起儿时游戏，想看看一手翻开的那页，会是哪般文字——竟是欧阳修的“人昔共游今孰在，树犹如此我何堪”。意境恰如歌中的贝加尔湖畔，都属若干年后事如春梦了无痕的慨叹。也许失去过才觉着美好，也许短暂的失去会使人更知珍惜，也许与其事后追忆，不如珍惜你的每一个当下，也许当下只是一段长堤，几声蛙鸣，半轮并不圆满的月亮。

叶灵凤买西洋画册

叶灵凤自幼喜爱绘画，中学毕业后便到上海就读美术专科学校，一度也曾以画家身份驰名文坛，虽然很早就封存画笔，专事写作，但对于美术的热情未有稍减。陈君葆《寿叶灵凤六十》诗云：“雾豹文章何落落，蠹鱼箱箧自休休”。在那“蠹鱼箱箧”里，自然少不了他一生钟爱的西洋画册，而这箱箧的日渐充盈，也是有着别样的甘苦甜酸的过程。

还在上海的时候，叶灵凤就拥有了一批丰富的藏书，当中就包括比亚兹莱、蕗谷虹儿等人的精美画集。比亚兹莱的是一本英国原版的《莎乐美》，“十六开的大本，附有比亚斯莱的全部插图，封面是砯红色的，用金色印了比亚斯莱设计的孔雀裙图案草图，富丽堂皇”。两册蕗谷虹儿画集是创造社前辈郑伯奇用身边剩余的日本钱在内山书店为他买的，“这全是童话插画似的装饰画，使我当时见了如获至宝，朝夕把玩”。一九三八年，叶灵凤南来香港，那批书几经转移托寄，最终全部失散于战火之中。每当念起自己离散的旧爱，他都会吟诵司空图的诗句：“得剑乍如添健仆，亡书久似忆良朋。”那一批书，可都是他“用最初写文章所得的稿费，甚或是在学生时代节省了车钱”，一本一本积攒起来的。

“人生百病有已时，独有书癖不可医”，转战香港的叶灵凤顽强地开始了第二次积累，但不久香港也告沦陷，覆巢之下，书肆画廊纷纷关门大吉，买书读画这类风雅之事自然沦为奢侈之举。我们在叶灵凤的记载中，也只见到过那么一次买画的经历，那是在日本投降之前半年，买的是 Clarke：“想买 Clarke 插画的爱伦坡小说集，多年未见，最近无意得之，虽然封面被撕去，复失去彩色插画三帧，然而已经够满足了。”这本没有封面的残书得于何处，叶先生没有交待，猜想是在摩罗街之类的冷摊。战乱之时民生凋敝，拿书换米的大有人在；逃难归乡如走马灯一般，临行散书也是司空见惯。

重光之初，百废待兴，书市也难立刻恢复往昔繁华。一九四六年四月八日，老字号别发书店恢复营业，叶灵凤“特往浏览一遍，偌大店面，书佳寥，数百册，而且价贵，一无可购”。那当儿，“毕加索已成为现代画派之第一人”，但叶灵凤“至今尚未能买得毕加索之画集”，念兹在兹，“又托别发书店往订购”，在没有毕加索画册的日子里，只好“从各处剪下毕加索彩色复制品”，聊以望梅止渴。一直到一九四七年的四月一日，别发书店才送来他订购的《毕加索——艺术五十年》，不巧“身边没有钱，特走去新生晚报借来稿费一百元应付”。过了将近两个月，别发书店又来电话，谓所定购的另一本毕加索画集已到，竟又“无钱去取”。一周之后好不容易筹够了钱到书店取书，“伯谓候我多日不来，已卖去了”。叶灵凤仰天喟叹：“没有钱的影响，夫复何言！”多年之后他还忘不了这事：“数年前曾订购毕加索的素描集一册，系仿原尺寸的大画册，定来后一时无钱去取，竟为别人购去，后来绝版不能再得。此心至今梗梗未能忘也。”

好在总算有了一本毕加索，更何况“翻阅之下，果不负期待。印刷及编排都好”。当天就“翻阅至深夜，为近来仅有的一件痛快事”。后来的一阵子，他又添置了不少毕加索画集和传记评论，其中还有一册毕加索近年的彩色版画集，“取出来放在一旁对看，颇有味”。他曾写过好几篇毕加索，在《毕加索的版画》中，他对毕加索的尊爱之情溢于言表：“毕加索并不是纯粹的版画家，就他的艺术活动来说，版画可说是他的业余产品，然而仅就数量来说，就已经超过了许多纯粹的版画家。”“毕加索的素描，他的线条的准确，流利和潇洒，简直有点像我国的画评家称赞吴道子的白描那样：下笔如春蚕吐丝，无往而不便利自如。他的素描功夫，在西方艺术中是古今都没有第二个人能比得上的。”多彩多姿的毕加索陪伴了叶灵凤有些萧索的余生，在他下世后，他的家人特意捡了两本他喜欢的画册一起火葬，一本是比亚兹莱，另一本便是毕加索。

在叶灵凤所买的画册中，有关书籍装帧与插画的，占了不小的比重。他买过英国画室出版社出版的几集《书的艺术》，他固然喜欢莫里斯及比亚兹莱等人的装饰风格，但也认为“捷克荷兰等之排版及插图，有时比习见之英美别具一格，甚为可观”。作为一个爱书家和书籍装帧家，叶灵凤对于书籍插画有着精深的见解，他认为：“至于插画，尤其是文艺作品的插画，它的作用决不在装饰，说明，或解释某一些章节。它必须是这一部作品另一个手法的表现。这样的插画才可以不与作品的精神游离，而它本身又不失为独立的艺术品。”正因如此，有时候他对插画的关注甚至超过了文学作品本身，颇有一些买椟还珠的况味。在一九四六年三月的一天，他读了福楼拜的《萨朗波》（*Salammbo*, 旧译《沙兰波》）。读后他说：“同法朗士的《黛丝》一样，我不喜爱其中那些关于古代异国风俗装饰的描写。我的架上《沙兰波》共有两部，一部有吉宾斯的木刻插画，一部是 Mandrake press 的限定版，大本，有彩色插图。后者有辛蒙斯的序，可是插图并不怎样好。”福楼拜我只读过他的《包法利夫人》，因为上大学那会儿还没有听说《萨朗波》。后来好几家出版社推出了中文译本，可我不想买也不想读，我和叶灵凤一样，关心的只是吉宾斯的插画。

罗伯特·吉宾斯 (Robert Gibbings) 是英国画家，生于一八八九年，殁于一九五八年，不只精于木刻和雕塑，他自己也写过旅游和自然史方面的书籍，并自行绘制插图。他曾发起创立木刻学会，对英国乃至美国木刻艺术的复兴都产生了举足轻重的影响。我藏有一巨册纽约出版的*500 Years of illustration*，从阿尔布雷特·丢勒，到洛克威尔·肯特，五百年间的伟大插画家一网打尽，当中就有一段介绍罗伯特·吉宾斯，并且收入他的三幅插绘。这三幅木刻作品全部出自《萨朗波》，黑白分明，刀法洗练，异域风浓，古意盎然，赏玩之下不禁想起鲁迅在《集外集拾遗》中对他的那句评价："他对于黑白的观念常是意味深长而且独创的。"

我本来在孔夫子旧书网上见到一册吉宾斯自写自画的《甜甜的泰晤士河软软地流》（*Sweet thames runs softly*），一九四六年的版本，绿色布面烫金精装，定价也只七八百，可惜被人捷足先登了。还没来得及为此遗憾，就读到了董桥的《再见 Rockham》，原来董桥对于吉宾斯画插图的旧版书也是万般垂涎，无奈一直跟他没缘，只能唤一声"老天爷"，就此"认了"。其实失意的又岂止一个董桥，就连鲁迅先生当年也曾酸酸地说：“英国的作家我不大知道，因为那作品定价贵。”他所说的那“定价贵”的作品，指的就是吉宾斯的《第七人》。他没完没了地絮叨说：“限印五百部，英国绅士是死也不肯重印的，现在恐怕已将绝版，每本要数十元了罢。”相比之下叶灵凤更为幸运，他不光拥有吉宾斯插图的《萨朗波》，后来还以六元的超低价买到一册吉宾斯木刻集。

进入五十年代，香港的书店渐渐多了起来，叶灵凤除了照样常去别发，另外爱逛的还有辰衝、哈里斯和三联书店。别发、辰衝和三联现在还有，哈里斯恐怕早就没了。据叶灵凤讲，哈里斯书店为犹太人所开，有一次他在哈里斯购西洋迷信词典一册，“老板将封面包纸上之原有定价剪去，售我十八元五毫，但后来发现原来定价仅十六先令，彼多售二元五毫，此犹太人之所以终为犹太人也。”不过去处一多，捡到洋落儿的机会终究也就多了。有一次，“过别发书店，见前定之英国木刻集已到，但他们竟忘记留起来给我，若不是今天恰巧去，也许要错过机会了。此书内容甚好，有一幅彩色的派克女士木刻极佳，价钱仅七先令半，可谓便宜”。

派克女士全名阿尼斯·米勒·派克（Agnes Miller Parker），是英国著名的木刻画家和书籍插绘家。早年萧乾先生曾经倾其所藏编选了一册《英国版画集》，一九四七年由赵家璧主持的上海晨光出版公司出版，“派克和赫米斯两位英国女木刻家的作品选得很多”。叶灵凤得到这书爱不忍释，当即就在《星岛日报》撰文评介，他认为：“她们两人的作品成了本书最精彩的部分。派克女士所刻的动物，赫米斯女士所刻的花卉，在当代英国木刻作品中早已成了令人钦佩和模仿的对象。”我生也晚，到手一册山东画报出版社的复刻本也就非常知足了。不过要说的是，派克女士并非只擅长动物，她曾为赫伯特·厄内斯特·贝茨的《穿过树林》（*Through the woods*）制作过全书插绘，当中既有动物，又有花卉，我那本 *500 Years of illustration* 收进三款，选的全是花卉，那个精细劲儿确实让人着迷。我还见过派克为哈代小说创作的木刻，觉着比起她的动物花卉来更具动感和气场。董桥写过一篇《那些年我见过不少哈代》，说他“那时候看到一本爱一本”，却通篇不提派克的插绘，难不成他见的都是别的版本？

叶灵凤似乎只买画集，几乎看不到他购买西洋原画的记载，这当然是经济条件所限制的，他要靠写稿卖文养活一个十几口的大家庭，因此就连稍贵一些的画册也常常是望洋兴叹。他喜欢买一些西洋名画的复制品，有一次，“过哈里斯书店，见有鲍特差利画册。此书战前曾见过，内有‘委纳斯诞生图’，系彩印双页大幅。久拟购置，多年未得，亟购之，三十元。归来细阅，始知系法文版而非英文版。这本无关系，但当时渴慕亟购取不暇细阅之神情，思之失笑”。不过他也经常为了价钱而“踌躇不能定”。例如，一九五二年八月十二日，“往别发书店付书账，见有新到之果庚谷诃彩色复制品，皆系照原尺寸者，每幅要八十元，想买两幅又嫌太费钱”。他喜欢在墙上挂一些西洋画的复制品作点缀，由这些画家画作的选择，我们也能稍稍看出他的偏嗜和欣赏的兴趣。按照他在《记画》一文中的描述，书房里挂有四幅，分别是达芬奇的《蒙娜丽莎》、惠斯勒的《母亲》、毕加索的《镜前的妇人》，以及波提切利的《维纳斯的诞生》。“还有幅画，也是我在心里想念了多年，可是至今仍不曾买得到。这是英国拉斐尔前派诗人画家洛赛蒂的那幅《丽丽丝》。”这些画作，无一例外地表达着一个共同的主题，那就是母爱和慈爱。在他家的另一个房间里，还挂着三幅画作，分别是梵高的《阿尔里斯的朗格洛伊桥》、马蒂斯的《有埃及窗帘的室内风景》，以及毕加索的《三个音乐家》。

叶灵凤最喜欢的还是《蒙娜丽莎》，他把她挂在正对书桌的位置，每天伏案执笔一抬头就可看到。叶灵凤承认，自己“正是世上无数的‘莫娜丽莎狂’之一”。从上海到香港，他几次设法求购这幅名作的复制品。一九五二年夏天，黄茅约他为《新中华》写一篇《伟大的天才达文西》，并借去他的《蒙娜丽莎》制版，杂志出来时他们说原底制版时弄污了，不肯还给他，托他另买一部作赔偿，他马上再去书店订购。他甚至说过这样的话：“这幅画曾于一九一一年失踪过，当时法国政府正不知花了多少秘密侦查费，以两年的光阴才获合浦珠还，据说是盗匪从卢佛美术馆偷了去向政府勒索赎款的。这幸亏是以金钱为目的的盗匪，设若到了我的手中，也许不是金钱所能为力的了。”他也道出过痴迷蒙娜丽莎的内中原委：“佛洛伊德说达文西的这张画，是对于他母亲的追念，他从莫娜丽莎夫人的微笑中看出了他母亲的微笑，所以才有这样的成功。如果佛洛伊德的精神分析论可靠，那么，早年丧母的我，也许从这幅画上寻出同样可宝贵的记忆了。”说来惭愧的是，我曾在卢浮宫享受过贵宾待遇，可以越过警戒线近距离欣赏蒙娜丽莎，那还是法国最高行政法院索维院长做出的美意安排。当时我就想，这要是换作灵凤先生，该有多好。

除去个人画集之外，叶灵凤对于西洋画史和画家传记书翰一类的书籍也搜购甚夥，因为这类著述“颇能令人对于古今美术进化衍变概况获得一概念”。他还有一个从各类报刊上剪存美术资料的习惯，日积月累蔚成大观。一九五三年黄永玉离港返国前，特意来他家，以汉砖“千秋万岁”及六朝造像的拓片四幅，来交换他剪存的毕加索素描。他的好友黄蒙田在他逝世后说：“没有一个画家像他拥有的中外画集和美术参考书那样丰富的。”所以很多喜欢书喜欢画的人愿意到他家里来看书看画，这当中既有画家文人，更有港大等在校学习的学生，他不仅不以为烦，反而兴致盎然。有一个岁夕的傍晚，他的好朋友苗秀、黄鲁、黄茅，尊古斋潘氏弟兄，以及顺记雪糕店主吕顺，一起来他家拜年，少顷，郑家镇亦来，一同看新买的画集。叶夫人特意炒了上海年糕，并以冷盆酒肴款客，至夜始散。黄永玉五十年代初居港那几年，更是叶府的常客，有一天黄永玉说明午要来看书，并要求招待便饭。次日夫妇俩果然来了，又是看画集，又是为孩子们影相，临走还借去木刻等画册四本。

叶灵凤曾经表白：“我一向是木刻爱好者。”所以他对西洋木刻和木刻史一类的图籍更是情有独钟。他藏有一部英国木刻家道格拉斯·布利斯一九二八年出版的《世界木刻史》，“鲁迅先生在编印《艺苑朝花》期间，曾在一篇文章里提到了这部木刻史，加以推荐。因为在内容范围来说，除了布利斯的这一部以外，实在找不到第二部。”长期以来，叶灵凤一直想把这部木刻史翻译出来，并且在五十年代初已经零星译好四万余字，其中的《布莱克与近代英国木刻家》《果庚与近代法国木刻》等章节，就已发表在他主编的《星岛日报》

附刊《艺苑》上。叶灵凤认为，“能将全部译好出版，亦一件值得的工作也。只是全书插图很多，找人出版恐不易。然而布利斯的这部木刻史却是这部门中仅有的一部历史。可惜文字生涩，又加之外国语书名人名太多，颇不易译”，“这样一耽搁就是好几年”。“然而这个愿望始终是我舍不得放弃的愿望之一。”到了一九六一年，叶灵凤“又将已经译成的旧稿找出来，整理一下，想再试试看”，但最终，这个愿望就和他一直要写一部比亚兹莱评传的愿望一样，都成了再也实现不了的愿望。更为可惜的是，这部残稿今在何方，也成了一桩悬案。

叶灵凤和我喜欢的几位版画家

把我自己和叶灵凤一道说，就好像说“我的朋友胡适之”那样，不说不自量力，也总有些怪怪的感觉，但我确实和他一样，“一向是版画爱好者”，而且喜欢的画家也大抵是同样一些人。说起来，他最早喜欢上的版画家，该是比利时的弗朗士·麦绥莱勒（Masereel，Franc）。在中国，麦绥莱勒的名头响得不得了，一般认为是得益于鲁迅的推介，但很多人可能不知道，当年由鲁迅领衔作序的那套麦绥莱勒木刻连环故事，就是用叶灵凤私藏的原版书翻印的。那是一九三三年夏天，叶灵凤在上海四川路桥附近的一家德国书店里买到了麦绥莱勒的《一个人的受难》《我的忏悔》

《没有字的故事》和《光明的追求》，良友图书公司的赵家璧看到后想拿去翻印，征求鲁迅的意见鲁迅也赞同，并亲自选定为《一个人的受难》作序，叶灵凤因为是“物主”，又一向喜欢木刻，便分配到一本《光明的追求》，另两本的序文则由郁达夫和赵家璧完成。叶灵凤说，“至于那四册木刻集的原本，本来是由我借给良友公司的，后来赵家璧说制版时已经将每一册都拆开了，不肯还给我。当时在上海买德文书又很难，虽然赔偿书价给我，可是已经不再买得到，于是我便失去那四册原本了。”初版麦绥莱勒连环故事集得到一本不易，但前些年山东画报出版社和湖南教育出版社相继出版了重印本，我都有购置，其中那套湘版的还有一个红色的书匣，是我在七九八的旁观书社淘到的。此后在上海逛犀牛书店，又意外淘到麦氏的《城市》，虽说品相较差，已属难得。但我最引以为得意的，还是一套麦绥莱勒的木刻原拓。这是麦氏一九六〇年为一本月历所做的插图，一九六一年由 Craphia 借来原板印制，向他的会员限量发行，总共发行五百套，我这套的编号是四七六。作品共十二幅，每一幅代表一个月份，比如一月的标题是 Reading，画的是一位戴着近视眼镜的书痴坐在沙发上捧着一本硕大的书在阅读，地板上斑斑驳驳的黑白光影美得炫目。画是活页，置于一个红色布纹的纸夹里。

同样是在上海四川路桥附近那家德国书店，叶灵凤还参观过一个小规模的版画展览会，都是原作者手拓签名的作品，正是在这次展览会上，叶灵凤见到了德国版画家凯绥·珂勒惠支（Kaethe Kollwitz）的名作《反抗》和《突击》，刚开始接近新艺术的他，“从未见过一帧画面上表现着这样的紧张、有力和激奋。我站在这两帧画面前惊怔了。我很想拥有它，但每幅三十几块的定价，使我完全放弃了这种奢念”。不过叶灵凤的珂勒惠支情结终于有了宣泄的机会，太平洋战争之前，他在香港和一帮友人发起成立耕耘社，其中的成果之一就是设法筹集资金出版了一本《珂勒惠支画册》。叶灵凤专门为它写了长序，对珂勒惠支毫不吝惜褒颂之辞，他说：“成为当代第一流艺术家的珂勒惠支，她的作品受到普遍的爱好赞美和尊敬，是因了她在每一幅作品中所寄托的同情、爱、憎恨和愤怒。支配着她的画面的有两大主题：中年的作品是劳动阶级生活的阴暗和他们无望的斗争；晚年的作品则显露了一位女流画家的特色，母性的慈爱。她几次描写了母亲为了孩子和死亡、疾病、饥饿的搏斗。”在技巧上，珂勒惠支的版画“达到了日耳曼古典版画大师们的最高水准”。有一次我去德国，傍晚的时候漫步在明斯特寂静的街头，猛然发现一家画店的橱窗里摆着珂勒惠支的一尊雕塑，遗憾的是画店已经打烊。好不容易熬到次日，果然店主就捧出了一幅珂勒惠支版画《母亲们》的签名原件，我肃立观赏这张大幅的画卷，心灵所受到的震撼一如当年的叶灵凤；但当店主说出那画的价格时，我的失落感又比当年的叶灵凤更猛烈了几许。

美国的画家我喜欢的不多，喜欢上一个却又喜欢得如痴如醉，叶灵凤似乎也是如此。我们喜欢的是洛克韦尔·肯特（Rockwell Kent）。我迷上肯特倒没有受到其他什么人的影响，是在大学期间读梅尔维尔小说《白鲸》的时候，被那些黑白插图所震撼。后来才知道插图的作者是肯特，才知道蓝灯书屋老板赛尔夫在初版书的封面上只印着“白鲸，洛克韦尔·肯特绘制”，而无作家的名字，这样一则出版史上的笑谈。叶灵凤称肯特是“当代美国最杰出的版画家”，并撰文《美国老画家肯特的壮举》。叶灵凤看中肯特的是，他既“是一位第一流的插画家和装帧设计家，又是一位能独创一格的游记作家”，他喜欢旅行，喜欢历险，阿拉斯加、纽芬兰、火地岛、格陵兰，“他所旅行的地点，都是海阔天空，富于自然乐趣”。他的游记都由他自己设计装帧，自己作插画。《读库》的笔记本曾经为肯特做过一本专辑，他们给它取的名字是《历险者》，可以说准确抓住了肯特的精髓。《肯特传》作者唐·罗伯茨说过："肯特的个人生活是一篇热爱与渴念交织的故事，他尝试着成为故事中的孤寂英雄，他既是鲁滨逊·克鲁索，也是卡萨诺瓦，还是堂·吉诃德。"肯特一生作品无数，既有单幅作品，又有插图，木刻、石板、锌板、钢笔都有。关于他画作的风格特征，汪家明说得最合我意："他笔下的人，并不是具体的社会人，而是人类的化身，连性别也不明显：健壮、深沉，肢体无论舒展或扭曲，都很优美。多是裸体，穿衣者也完全能衬出身体起伏。他笔下的背景，也不是具体的自然景色，而是人性化的，富装饰性，无论海、树、山，还是船和天空，都气象广大，沉静神秘。这些作品所表达的主题，仍是不确切的，很充实，但又无从把握……"有所不同的是，汪家明偏爱他的单幅作品，而我更喜欢他的插画，无论是《白鲸》《十日谈》《老实人》，还是《莎士比亚戏剧集》，表现手法似乎总在变化，但无论怎样变，肯特还是那个肯特。我买过一些有关肯特的书，还跑到子安的版画店，淘了一幅肯特的版画原拓，这是肯特用私人印刷工坊为挚友戴蒙德夫妇制作的藏书票，纸质轻柔如蚕丝，锌板褐色印刷的画面具有雕塑一样的质感，喜欢极了。

叶灵凤与日本书店

叶灵凤不像树人、作人那样全都留学过日本，但跟日本纠缠不清的关系，却像极了周家兄弟。对于日本的态度，叶灵凤更像鲁迅，喜欢它的文化，抵抗它的侵略。现实中的际遇，却有些像周作人了，都背了“汉奸”“落水文人”的骂名。有人说，叶灵凤喜欢日本文化，是因了创造社几位巨头的影响。这话不是没有道理。郭沫若、郁达夫、张资平、田汉、郑伯奇，陶晶孙，都是日系背景，叶灵凤作为追随这些大佬于左右的“小伙计”，自然难免近朱近墨。譬如叶灵凤之痴爱乃至“活剥”日本画家蕗谷虹儿，就是源于郑伯奇送他两册虹儿的画集。但黄振威说，因跟随这些无一不精于日文的前辈，叶懂日文也是不足为奇的，却有些臆测的嫌疑。我曾当面向叶灵凤的女儿叶中敏先生求证过，她说她父亲确实不懂日文。柳苏还说叶灵凤去过日本，似乎指的是叶灵凤曾在沦陷时期参加过一个日本占领军组织的访日代表团，可叶灵凤本人在晚年出版的《晚晴杂记》中却肯定地说：“我不曾去过日本。”

但叶灵凤喜欢逛日本书店，喜欢买日文书，确是毋庸置疑的。在上海时，他喜欢逛内山和至诚堂。到香港后，沦陷时期是堀内，战后则是智源。东京有一个著名的丸善书店，是知堂留学期间最爱逛的，叶灵凤虽则没有去过，却绵延好多年，在沪港两地都曾有过写信到他们那里邮购的经历。他认为，“日本是一个出版事业非常发达的国家，因此他们的书店也是一流的。”爱逛日文书店，除了能买到原版书刊，还有一层是喜欢那里的经营方式，“书籍杂志总是随意堆在那里，任你翻阅，很少会有店员走过来追问你要买什么”。这一点，正与当时国人所开的书店大异其趣。

我们都晓得鲁迅与内山完造的友谊，殊不知叶灵凤与内山书店也是交情很深。他从郑伯奇那里得到的两部蕗谷虹儿画集，就是由内山书店买来。买书的时间大概是在一九二七年十月的前后，因为鲁迅同样是从内山书店买到的《蕗谷虹儿画谱》，按照《鲁迅日记》的记载，是在十月八日下午，鲁迅刚刚定居上海，甫从共和旅店移入景云里寓。叶灵凤晚年曾经撰文，说他在内山书店可以享受挂账的待遇。查一查内山完造写的《上海内山书店》，确实有这政策。内山书店的书都是从东京进货，完全可以先进货后付款，但内山完造坚持不借钱做买卖。“另外一方面，对待客人我们坚持自己的原则——相信客户。有人现金支付，而有人说月末支付，类似的要求我也会答应，月末等着客人来结账，从来不会去要账。”孰料八一三沪战爆发，叶灵凤随《救亡日报》离沪南下，匆忙之间竟有一笔书账未及偿还。对此他一直念念不忘，说是对内山老板最大的抱歉。有一年他从香港回上海，还特意去北四川路底看看，尽管他明明知道内山书店不可能仍开在那里了，但走一走那“闭了眼睛也不会走错的地方”，也似乎依稀闻得到内山书店里浅浅的书香。

至诚堂书店也是由日本人经营，比内山书店规模大，开得也更早，据说一九一二年就有了。当年，虹口是日侨聚居区，所以至诚堂和内山书店都设在这里。所不同的是，内山书店隐于僻静的魏盛里，至诚堂则高调地开在闹市通衢，站在吴淞路海宁路口南望，右手拐角处就是至诚堂。至诚堂不仅出售有关日本政治、经济、社科、文学等书籍杂志，也是一家出版发行机构，编辑发行过不少图书、地图、明信片等。叶灵凤在这里买过什么书，不见记载，总之他在上海买下的万卷藏书，包括在至诚堂所买的书，都在战乱期间散失殆尽了。每想起这些书，他就会想起司空图的那句诗：“得剑乍如添健仆，亡书久似忆良朋。”

可是，古人还有这样一句诗来说读书人：“独有书癖不可医”。丢下上海的旧藏，叶灵凤又在香港开始了新的买书生涯。香港亦多日侨，太平洋战争期间又有过三年零八个月的日治时期，所以也不缺日文书店。叶灵凤爱逛的智源书局，我在《香港寻书》中已有记述，这里单说堀内书店。堀内书店是日占时期香港有名的日文书店，位于毕打街十二号。香港文学研究者黄振威说，沦陷时期叶灵凤供职的大同图书印务局就在毕打街的毕打行，与堀内书店近在咫尺，所以堀内书店成为那个特殊岁月里叶灵凤逛得最多的书店。沦陷时期叶灵凤的日记只有寥寥数则，其中便有一则写到去堀内书店。这是一九四三年的十月七日：“今日见堀内书店有《吉田松阴集》，他的名句是：虽然我的躯壳被丢掉了去腐烂，在那武藏的平原上，我那日本人的精神却将永远长存。”是日，叶灵凤还拟出一个文章题目：《尊皇攘夷论先觉者——吉田松阴》，并说这是“随笔的好材料”。

那么，吉田松阴如何成为尊皇攘夷论先觉者呢？这位江户幕府末期的人物在他的《幽囚录》中这样说："凡英雄豪杰之立事于天下，贻谋于万世，必先大其志，雄其略，察时势，审时机，先后缓急，先定之于内，操所张弛，徐应之于外。……为今之计，不若谨疆域，严条约，以羁縻二虏。乘间垦虾夷，收琉球，取朝鲜，拉满洲，临印度，以张进取之势，以固退守之基。遂神功之所未遂，果丰国之所未果也。收满洲逼俄国，并朝鲜窥清国，取南洲袭印度。宜择三者之中易为者而先为之。此乃天下万世、代代相承之大业矣。"可见他也是主张对外侵略的祖师爷。我宁愿叶灵凤只是逛了堀内书店，这样的文章倒没有写出来。

从日本书店买书，叶灵凤似乎偏爱以下几种：一是谈论书物版本掌故和聚散变迁的"关于书的书"，类似于今天我们所说的书话。作为一个"积习难除"的爱书家，叶灵凤好像格外喜欢这类读物。上海沦陷后他随《救亡日报》转战广州，万册藏书撂在那里，随身只带了七本书，全是这种书话。《猎书家的假日》《英国的禁书》《书与斗争》《藏书快语》《藏书这顽意》《书志学讲义》《纸鱼繁昌记》，光是书名就足以让人陶醉了。其中内田鲁庵的随笔集《纸鱼繁昌记》，就是从东京的丸善书店函购得来。但就是这七部战时本不应该带在身边的“奢侈品”，也因日寇对广州的轰炸再告散失。这些失去的心爱之书，连同“陷在魔手里的这一块肥沃的土地和它地上的土地”，无疑都让叶灵凤加剧了对于敌人的仇恨，内心深深渴望着“一次民族炮火的洗炼”。所以，单凭这一点来说，让叶灵凤甘于对侵略者“服逆”，简直是毫不可能的事情。值得一说的是，叶灵凤对于《纸鱼繁昌记》真称得上念兹在兹，战后，他又托日本友人小川从东京代购了一册它的新版。

叶灵凤喜欢日文书，也是因为喜欢东洋书的装帧。他认为，“日本出版物的装帧艺术是极发达的”，成就“实在使人羡慕”。他曾经读过多篇日人关于书籍装帧的文章，承认，“连我自己在内，国内几个寥寥可数的注重书籍装帧的人，可说都受过日本装帧艺术的影响”。就连他的装帧观，也与我读过的杉浦康平、菊地信义等一干日本设计大师所言，几乎如出一辙。譬如他认为，装帧并不是只给一本书画一张封面，甚或是“洋装烫金”那么简单，也并不一定限于“豪华”，重要的是书籍的内容和形式应该怎样调和。我看日本早期画家长谷川洁、竹久梦二、桥口五叶等人的书籍设计，总觉得跟民国初年那会儿中国出版物的情调是那么相近，通过叶灵凤的介绍，也确信了原来真是偷师东瀛的事实。日本确实是学我大唐起家，但近代以后，我们就只有学人家的份了。

叶灵凤的日记簿

那日在三联书店结完账，余光一扫，看见一册红色封面的美术日记，猜想会是汪家明的创意，打开来果然有他的序文。按汪社长的说法，人美在五十年代连续几年都要推出美术日记，很火了一阵，最多时能印到二十万本。第一本由设计大家兼诗人曹辛之编辑，所选的美术作品，并无一定体例，差不多属于见好就收，也难怪受欢迎。只不过随着自然灾害来临，这种奢侈品也就从此绝了迹，当年那些本子自然成了收藏界的珍品。这让我想起叶灵凤先生，他在香港也帮人编过一种天天日记，那还是一九五九年的事情。上次在香港三联侯明总编的办公室，她让编辑张小姐捧出一摞叶灵凤先生的日记本，在各种大小样式不一的本子当中，我一眼就看中了这本天天日记，从设计到选图，真的是美不胜收，其中叶先生选的那些木刻，当然更是亲切。叶先生在本子开篇所写的一九七〇年日记题记中说，这一个皮面的本子，连同五百大洋，是给他选画的酬劳，一直空了十几年未用。现在看来有点可惜，就用作了今年的日记册子。他还写道，日记的主编之一薛先生，已经在一九六九年中秋节次日因夫妻口角自缢而死，这也是他当年编这部日记时再也料不到的吧？我快速把这全年的日记翻了一遍，一个活生生的叶先生顿时跃然纸上。当张小姐小心将这些本子收走时，我心里那个不舍啊，抢的心都有。

叶灵凤和郁家

董桥在《画里郁风》中说："其实我老早留意到郁风不但脾气洋化礼数洋化连品位也偏向洋化，和她那一代的民国女子不太一样。她总是方方正正，总是刚刚烈烈，对人对事从来不跟你瓜瓞绵绵纠缠不清；她的画艺画品也从来带着几分欧洲二十世纪初叶颓废的激进和沉实的浪漫，跟她的衣着打扮一样，端庄而飘逸，明丽而合度。"其实我也老早就留意郁风，这还要回溯到上世纪八十年代。大学期间我最痴迷的是郁达夫，学位论文选的也是郁达夫小说论。五十年代出的一本《郁达夫选集》中，印有一幅郁达夫的素描肖像，潇洒不羁，又有几分不易察觉的病态，我觉着是刻画郁达夫的美术作品中最传神的一幅。画的作者是郁风，而郁风正是郁达夫的亲侄女。郁风不光画得好，文章也有家传，后来读到她写的长文《三叔达夫》，觉着盖过了所有写达夫的文字。九十年代初去美国，兴奋点是纽约华埠的中文书店，因为满眼都是大陆见不到的港台图书，当中一套香港三联的回忆与随想文丛，别提有多漂亮，我特意买下了文丛中郁风那本《急转的陀螺》。

我之留意郁风，又是因了叶灵凤的缘故。叶灵凤和郁家的因缘不只一代，还在他就读上海美术专科学校的时候，郁达夫就成了他踏上文坛的引路人。那一时期，郁达夫住在上海哈同路民厚南里一个人家的前楼上，叶灵凤借居的叔父的家也在民厚南里，晚上在客堂里“打地铺”，白天背了画箱到美术学校去学画，下课回来后，便以“文学青年”的身份，成为达夫先生那一间前楼的座上客了。郁达夫常带叶灵凤他们几个“小伙计”吃馆子逛书店，这样朝夕地跟随左右，受到的潜移默化的影响当然很大，叶灵凤最初的创作，自称就是“郁达夫式的笔调”；他喜欢上英国短命画家比亚兹莱，也是源于郁达夫将比亚兹莱画插图的《黄面志》介绍到中国。

这样一对师徒好友，后来却闹翻了。起因是郁达夫追求王映霞，叶灵凤和几个“小伙计”反对他这样做，并且常常搞出些恶作剧的举动，害得郁达夫在《日记九种》里诅咒说有几个青年应该铸成一排铁像跪在他的床前。叶灵凤晚年回忆说：“我猜想其中有一个应该是我。这样一直过了好几年，才知道自己少不更事，便写了一封信向他道歉。这时郁达夫的‘风雨茅庐’已经建好了，住在杭州，回了一封长信给我，说是大家不必再提那件事吧。”正是在郁达夫移家杭州这几年，叶灵凤却和郁达夫的胞兄也就是郁风的父亲郁华作了芳邻，一同住在上海江湾路的公园坊内，直到郁华在法租界的新居建好了，这才搬出去。郁华别号曼陀，抗战期间任职上海高等法院庭长，持正不阿，终为敌伪所害，在自己寓所门前殉职。叶灵凤对郁法官颇怀敬意，称他为“中国司法界的老前辈”，认为“这位大法官不仅精通法律，持正不阿，而且能诗善画，也是一雅人”。郁曼陀有《刑法总则及判例》行世，他身后家人为他刊行了《静远堂诗画集》。

叶灵凤与郁曼陀的爱女郁风相识，正是在公园坊作邻居的时候。“当时郁风还在南京念书，放假回上海的时候，也到灵凤他们这边来坐坐。不过由于我们都是她叔父的朋友，她只好屈居世侄女的辈分了。不过那盛况也不常，由于日本军阀侵略中国的脚步愈来愈急，受到时局的激荡，大家已经无法在那个小天地里安居，于是不久就各奔前程，风流云散了。”不过，介乎于叔侄与兄妹之间的灵凤与郁风在抗日烽火中先后南来港岛，并肩投入抗日救亡的洪流当中。那一阶段，他们频频地同时出现于同一页历史文献。他和郁风还同几个南来文人组织了一个耕耘社，不仅发行了两期《耕耘》，还出版了戈雅的版画集《战争的灾难》和珂勒惠支选集。郁风是《耕耘》的执行编辑，叶灵凤后来在《重读〈耕耘〉》一文中对郁风的编辑工作给予了充分肯定：“由于执行编辑是画家，对于图版的选择和编排都下了不少功夫，有木刻，有漫画，有速写，还有特别配合文字的插画。”

《耕耘》的发行人是黄苗子，他后来成为了郁风的丈夫。黄苗子和叶灵凤的人生轨迹也怪是有趣，一个是家在香港为了艺术独赴上海，一个是上海成名因为战乱终老香港。黄苗子十九岁就从香港投稿在上海发表漫画，他心目中的三本最重要的与漫画有关的刊物，竟有两本叶灵凤作过主编。还有一个有趣的现象是，叶灵凤和黄苗子的证婚人是同一个人，那就是曾任上海市长的吴铁城。考虑到吴铁城是黄苗子的世伯，黄苗子又长期担任吴铁城的秘书，叶能请到吴这样的高官作证婚人未必不是黄苗子的中间撮合。战乱中避居香港，他们重又交集，当然会过从甚密。新中国成立后，郁风和黄苗子虽然回到了内地，但与叶灵凤仍旧保持了非常密切的关系。作家李辉说他曾在黄苗子郁风夫妇那里，见到过一封叶灵凤一九五一年九月从广州写给他们的信：

苗子、郁风兄：

我在廿二日从香港到了广州，将在廿四早乘车北上，特草此信奉告，当有机会同诸位老友们一叙。你的地址怎么又是观音，又是栖凤？究竟哪一个对？我怕将来找起来很苦。到了北京住在何处，现在还不知道。一切再说罢。今天这里正在打风，从爱群楼上俯瞰珠江，白浪滔天。出去一次，什么都湿透了。匆匆恕草草。

弟叶灵凤 二十三日

但是据我考证，叶灵凤在一九五一年从未有

北京之行，这封信应该写于一九六五年，那一年的国庆前后，叶灵凤应邀赴北京参加李宗仁招待会及国庆观礼，恰好是九月二十四日抵京。在北京总共待了九天，密集的公务活动之余，与黄苗子郁风倒是相聚了六七次。抵京次日（九月二十五日）就于“六时起床打电话找黄苗子、郁风”。当天中午黄苗子郁风夫妇即约在恩成居午膳。二十六日晚访苗子家，“苗子以复制晋祠侍女像见赠，又赠拓本四种，晚十一时始回。”二十九日，上午“与阿英和苗子逛琉璃厂。买书数种，画一幅，仿唐三彩俑一件”。“中午，正宇苗子在四川饭店请午餐，见糜文焕，菜甚精。”三十日，“午后二时苗子来，约往参观四川工艺美术展览，地点在团城。”是日晚，叶灵凤参加周总理在大会堂举行的庆祝国庆国宴，十月一日赴天安门观礼，十月二日中午，“苗子，郁风，光宇夫人，张正宇夫妇及子女和女婿来新桥，以午餐招待。中午本有廖承志午宴，特去道谢”。

“下午同苗子，正宇到历史博物馆参观”。晚上去见外甥叶周，“回来始知明早即乘飞机回广州，用电话向苗子等告辞”。物以类聚，人以群分，信哉斯言。不光现实中是如此，便是我们读书，读来读去，总也绕不出那么一个圈子。

京都书翰

那天在中环云咸街餐聚，叶中敏递给我一通书翰，说你要觉着有意思就留着吧，我已作过回复。我接过一看，是日本京都立命馆大学城山拓也今年夏末给叶中敏的来信，来信称：“我是一名中国现代文学的研究者，正与日本各所大学的中国文学研究者们一同着手于中国现代文学作品翻译集的制作。此次冒昧来信，是想征询您的意见，不知能否有幸将令尊叶灵凤先生的短篇小说《鸠绿媚》进行翻译，并刊载于我们的翻译集中。”城山拓也在信里还说：“这本翻译集预计收录的内容将以一九二〇—四〇年代的中国文学作品为中心，并打算于二〇一七年由日本的勉诚出版社刊行。通过这本翻译集，我们会努力把中国现代文学的魅力，向日本作一个淋漓尽致的介绍；我们也相信，这本翻译集会对今后的中国现代文学研究、以及中日的文学交流起到积极的作用。”

随信还附了勉诚出版社冈田林太郎的函件，对于书名、编者、体裁、价格、出版日期、预定刊载作品及出处说明甚详。另有一份《中国现代主义作品选》的全部作品表。就体现了日本人对于版权的尊重和做事的细致。有意思的是，来信还附了一枚长方形的笺纸，笺纸的底端一只俯卧的兔子憨态可掬，上方是三排手写的汉字：“我们将会尽心尽力地做好这本翻译集，请您多多关照。祝您身体健康，万事如意！”虽未署名，但能够看出是城山拓也的手迹，那一笔娟秀的字体，就是我们中国人怕也是写不出的。由此更直观地领略了一番日本人之做事认真和讲究美感。

根据作品表所列篇目，叶灵凤的小说将会编在三部当中的第一部《都市と幻想》，这一部收入的主要是新感觉派小说，除叶灵凤外，还有张资平、陶晶孙、刘呐鸥、穆时英、曾今可、郁达夫、藤固、施蛰存、沈从文。说起来，这十个作家中多半有留日背景，陶晶孙和刘呐鸥更是自小在日本生活。陶晶孙一九〇六年随父亲去日本，在日本读完小学、中学和大学。刘呐鸥出生在日治时期的台南，从小生长在日本，先入东京青山学院读书，后毕业于庆应大学文科。倒是叶灵凤和穆时英、施蛰存没有留学经历，但他们是通过精通日语的刘呐鸥接触了日本新感觉派圣手横光利一的作品，并进而开始中国新感觉派小说的实验。沈从文更是在湘西土生土长，他被划入新感觉派一群，在过去也是非常罕见。

这些一时文豪，不独受过日本文化很深的影响，就是个人的人生遭际亦大多跟日本搅和在一起。张资平一九三八年沦为汉奸，抗战胜利后曾因汉奸罪被捕，新中国成立后又于一九五五年被公安部逮捕，以汉奸罪判刑，后病死于劳改农场。

穆时英、刘呐鸥在抗战爆发后为汪精卫政府效力，于一九四〇年前后相继被国民党“锄奸”组织射杀。陶晶孙倒是没有附逆的情节，但他一九五〇年从台湾去了日本，一九五二年初在日本死于癌症。郁达夫的长兄郁华是一位法官，因拒绝为日本人做事惨遭暗杀，郁达夫自己在抗战开始后流亡南洋，一九四五年被日军秘密杀害于苏门答腊丛林。叶灵凤在香港坐过日本人的监狱，虽说有大量证据证明他受命从事秘密工作，但也长期戴着一顶汉奸文人的帽子。香港重光之后，他曾计划开始写《流在香港地下的血》，“记所参加的秘密工作及当时殉难诸同志狱中生活及诸事经过”，因为“在卅余人之中，只有我是写文章的，而我又活着，所以我觉得我有这责任”。可惜的是，他终于没有写出。

画痴

过去的半年要赶两本书，每晚都在伏案码字，读读画说说画都自认是一件奢侈的事。解脱以后，当收到子安兄从海外代购的西弗琳藏书票集，当翻阅起去年就从香港买回却无暇玩赏的栋方志功，那份惬意，只能用如沐春风形容。今晚闲读的又是说画的文字——孙郁的旧著新刊《鲁迅藏画录》，一篇一篇的千字随笔，散散地漫话鲁迅和鲁迅喜欢的比亚兹莱、蕗谷虹儿、麦绥莱勒、珂勒惠支……真是有趣得很。少年就耽读鲁迅，后来也喜欢上鲁迅喜欢的那些画家。曾经好几次认真地问自己，是不是这一点点美术趣味也是受了鲁迅的影响？似乎有一点，但又不全是，因为在知道鲁迅之前，自己就尝试着舞弄碳笔水彩胡乱涂鸦了。后来又成了叶灵凤的死忠，叶灵凤也是个画痴，但鲁迅跟叶灵凤两个画痴却又不幸成为死敌，结怨的由头竟正是因为画。叶灵凤画鲁迅藏在水缸后一口大黄牙，鲁迅说叶灵凤专画斜眼画，生吞比亚兹莱，活剥蕗谷虹儿。据叶灵凤晚年回忆，他虽然在一些文人集会场合见过鲁迅，却彼此从不打招呼。两个书痴也常在内山书店遭遇，都是故意擦肩过去。但这并不妨碍他们美术趣味的高度相投。孙郁这书里就提到他们曾同时参与麦绥莱勒木刻连环故事的译介，但他显然没搞清楚这件事情的前后原委。

却说，叶灵凤与鲁迅，表面看似乎水火不相容，但在喜欢木刻这一点上，绝对可以引以为同志。一般人都认为，比利时木刻家麦绥莱勒之引入中国，全拜鲁迅推介之力，但少有人知道，良友影印、鲁迅参与作序的四册麦氏木刻连环故事，所用的母本，就是叶灵凤从上海的一家德文书店买来。这事是赵家璧操办的，他因此也请叶灵凤为其中《光明的追求》写序，后来鲁迅看到叶序，可能料想不到无意中与他不愿为伍的人合作了一把，就写文奚落叶序只知道说了许多关于木刻历史的话，忘了介绍《光明的追求》本身。说到鲁迅的评点，灵凤到晚年写文回忆时，已经非常平心静气了。其实，早在一九三三年，他就认为，对于新兴木刻运动，“鲁迅先生提携的功劳是不可埋没的”。他还利用编辑《现代》杂志之便，策划了一辑《现代中国木刻选》，很像是对鲁迅先生的呼应。就跟鲁迅不遗余力地提携青年木刻画家一样，叶灵凤对于版画新秀的厚爱也是拳拳可感，战时他在广州遇见一位叫作梁永泰的青年木刻家，因为他的战争木刻有着德国艺术大师丢勒的影响，就答应将丢勒的版画全集带给他看。那时节，灵凤正热心搜集抗战版画，短短数月，竟然积攒到三百多帧，只可惜由于日寇的轰炸，同自己的其他衣物一起全都沦陷在敌人手里了。

由孙郁的《鲁迅藏画录》，突然萌生出写一本《叶灵凤与美术》的念头，暇时就闲翻些叶灵凤所写的与美术相关的文字。经过这一梳理，倒发现了一个有趣的现象：他喜欢的那些画家——比亚兹莱，珂勒惠支，果庚，马蒂斯，毕加索，麦绥莱勒，肯特，麦约，吉宾斯，也都是自己所喜欢的。这些画家各有其博大精深的一面，但华丽，富有装饰意味，却是他们的最大公约数。当中有不少人善为书刊作插图题饰，这就是叶先生的老本行了。灵凤还喜读画家的日记书翰，他曾说，“很少画家能写文章，能够画得好而又写得好的自然更少”，既如此，能文能画的天才如肯特果庚布莱克，自然也就为他青睐了。正如罗孚所言，灵凤也是画家，只不过“画名为文名所掩了”。灵凤的女公子中敏，几次跟我描述过他父亲书房的布局，除了四壁图书，也不忘挂上几幅心仪的画。前些天有幸看到叶先生最后一本日记的真迹，有一天记载，在经过白内障手术恢复视力之后，他做的第一件事就是挑灯夜读比亚兹莱画集。那种兴奋之情，感染得我也不免陶醉起来。是书痴，也是画痴。

瞽而不废

老了也好也不好。好的是不必再为了几斤稻粱起早贪黑折腰逢迎，可以全天候全身心干自己爱干的事情。南通辛丰年在《读书》杂志写乐迷闲话，一时拥趸蜂起，就是开始于离休之后。但老了也有不好，体力视力都趋衰竭，想干的事情干着干着也就干不动了。对于以读书为第一乐事的人来说，视力最容易坏，视力坏了可真是要命。辛丰年也是拎着买粮食的袋子买书的主，晚年要寄住儿子篱下，就把大半藏书悉数送人，后来眼又坏了，“买来的好书积压未看或未细看的不少，使人着急”。八十五岁那年，E.B. 怀特被独木舟撞了一下头，不久就卧床不起了。喜欢阅读的他，只能听儿子为他朗读。有天读的是他自己的作品，他动弹两下再次问起刚读的这篇是谁写的来着，乔说，“你写的，爸爸。”怀特会思考片刻，然后喃喃地说：“还不错嘛。”叶灵凤读书多，眼睛也坏得早，六十多岁看人就模糊一团了。他的小女中娴曾写过爸爸因为眼疾带来的不能读书的痛楚。我读过叶先生的日记手稿，最后几年字越写越大，还经常有两行文字重叠在一起的时候。

罹患眼疾的爱书人学问家又岂是个例？近日葛兆光的读书日记选《且借纸遁》正在热卖，葛氏在小引中就曾透露，他的左眼因视网膜脱落连续三次手术，几年间只能勉强用右眼读书，因而常常自嘲是“一目了然”或“只眼独具”。但他就是用了这独具的只眼，读了那么多我们听都没听说过的中国日本朝鲜的旧椠珍本。却说这书名，葛兆光称典出《封神榜》上说的“土遁”“水遁”。这些属于中国旧时方士所谓的五遁之法，要旨在于遁形隐身。葛先生书名的意思是，本该坐冷板凳的人，可以借了这些印刷的纸张，溜出去长长地透一口气。但我的理解恰恰相反，是借着纸张隐身遁形于熙熙攘攘的尘市。苏东坡《病中闻子由得告不赴商州》之一中那半阕名句，“著书多暇真良计，从宦无功谩去乡。唯有王城最堪隐，万人如海一身藏”，说的就是这意思。取此意境，谢兴尧将他的藏书室命为“堪隐斋”，傅增湘把他的藏书楼唤作了“藏园”。不隐不藏，哪里有时间读书？

不过呢，若跟陈寅恪相比，葛兆光的“流年不利”还是要打个折扣，那位力倡“独立之精神，自由之思想”的大师，完全是双目失明。他的三个女儿流求、小彭、美延在《也同欢乐也同愁》一书中回忆，她们的父亲在右眼失明七年多后，左眼也终于丧失功能，那年他刚刚五十出头。遭此打击，一时顿生“今日不知明日事，他生未卜此生休”的绝望。所幸这位大师终于做到了“瞽而不废”，以耳代目，以口代手，完成了一生中许多重要的著述。这该需要何等的超凡毅力。流求姐妹的书是三联前几年推出，不独行文干净，制作也是精雅得很。业内人说，除非古籍整理，一般不允许出繁体，但这书却违了这破规。料想她们的父亲到了那边眼睛也好了，读起这熟悉的字体来，也不会有隔膜。

装帧故事

百年来中国的书籍装帧家也是如云，但陶元庆只那么流星一闪，便让所有的后来者无法企及。他是鲁迅设家宴招待的第一人，鲁迅新书的封面也都几乎由他包办，鲁迅评价他的装帧风格也最深入骨髓：“陶元庆君的绘画，是没有这两重桎梏的。就因为内外两面，都和世界的时代思潮合流，而又并未梏亡中国的民族性。”他画的大红袍，画的坟，画的朝花夕拾，画的唐宋传奇集，画的苦闷的象征，都是美到让人窒息。总觉着他是上天送给鲁迅，乃至送给中国的一个天使，但上天舍不得给你太长时间，只让他活到三十六岁，就将他招了回去。

陶元庆之外，素来喜欢的另一个装帧家是钱君匋。一九八四年的夏天，在没有改造前的海王邨西厢房里，买到了那本豆绿色封面的《西谛书话》，稍后又买到了装饰味更浓的《晦庵书话》，从此不仅喜欢上了书话这种文体，顺带也迷上了钱君匋的装帧风格。一直有一个感觉，在钱君匋身上，似有几分陶元庆附体，后来读钱君匋写的《书本的装饰》，得到了验证，原来他正是在结识陶元庆之后才开始对书籍装帧入迷。他并强调，他和陶元庆的书籍装帧都“富于图案趣味”，“竭力主张以图案作为一切事物的装饰”。钱君匋比陶元庆长寿，设计的书刊也多，某种意义上，他是在画着他的好友没有来得及画的画。

这世界也是太小。钱君匋还为叶灵凤设计过封面，那是叶灵凤的第二本小品《天竹》。那时节，灵凤自己也正痴迷于书籍装帧，能够将这重任托付给同行，可以看出他对钱君匋的欣赏程度。不仅如此，叶灵凤还跟钱君匋有过合作，那是一九二九年，光华书局出版成绍宗翻译的《漫郎摄实戈》，封面设计出自钱君匋之手，扉页和版式则由叶灵凤操刀。这本书叶灵凤肯定非常喜欢，他携夫人郭林凤第一次去香港玩，就随身带着这书。我在香港作家侣伦的《向水屋笔语》中见过对那段时光的回忆，在衙前道一栋楼房里，晚上他和灵凤夫妇在一起，有时读《漫郎摄实戈》，有时就推开窗，眺望隔岸鲤鱼门的渔火。后来我专门到那地方走了走，恍惚之间似乎听到了那几个文学青年无忧无虑的笑声。

黄蒙田

在香港，叶灵凤称得上左中右通吃。前阵儿在香港翻读先生治丧期间的旧剪报，就见到有人由悼念者的名单，感叹这么一些人能够在同一场合出现，真算得上一个岛上稀见的奇观。这个话题我会专门说，这里想说的是，叶先生晚年交游最多的，也不过那么几个人，当中交往最密的，就有黄蒙田。黄蒙田我早就知道了，早年不知从哪里找来叶先生他们几个朋友出版的合集，《红豆集》啊，《新绿集》啊，《南星集》啊，每本里面差不多都少不了黄蒙田。灵凤的爱女中敏，每次和我闲聊往事时，也常常提到这位父执，不过她用的是黄蒙田的另一个名字：黄茅。黄茅也是先学美术而后弄文，难怪跟灵凤如此气味相投。叶灵凤曾写过一篇《蒙田三书》，一口气评了蒙田的三本著作，分别是《抒情小品》《花间寄语》《美术杂记》，关注的题材都与灵凤相类。灵凤讲，蒙田所谈到的那些画家、版画家，诸如外国的比亚斯莱、蒙克、列宾、达芬奇，我们自己的陈老莲、苏仁山、齐白石、黄宾虹，大都也是他自己所喜欢的。他还直言，他一向不喜欢看纯属应酬之作的画评文字，认为肯定的断定某一件艺术品的“价值”，那是书画商人的推销伎俩，一篇好的谈画文字，“最好是介绍一下他们的历史、个性和作品的特点，然后说一说自己的意见，这样已经很足够。”这让我想起晦庵说过的书话写法，那就是，一点史料，一点絮语，一点抒情的气息。这种絮语式的谈画小品，见于叶灵凤霜红室随笔的，有很多，这恰是黄蒙田透露的信息，可惜已经结集的几本书中，明显没有完全收入。叶中敏老师曾热情地写介绍信，让我去香港大学冯平山图书馆复制全部的霜红室随笔，无奈这些专栏文章散见于历年旧报当中，逐篇搜寻，又岂是一日之功。不过引以为幸的是，在中敏老师那里见到几期黄蒙田主编的《海洋文艺》，黄老在纪念老友的文中爆料，叶灵凤曾立志写一本《世界版画史》，并且已成稿十万余字。这倒很值得把那下落寻上一寻。

盛家伦

昨夜雨中，重读叶灵凤的《夜雨悼家伦》。家伦指的是盛家伦，《夜半歌声》主题曲的歌者。有一时期，盛家伦三天两头成为叶家客厅的不速之客，一聊就到夜半。灵凤没说这是什么年代，我分析这是香港重光后，全国解放前。灵凤并不谙音乐，如何与盛家伦相言甚欢？却是因为家伦也是一个不折不扣的书痴。传说，他和黄苗子两人，甚至相约去书店偷书，以得手多少来判胜负……自从家伦知道了灵凤也是爱书成癖，俩人自然就一见如故，成为朋友了。盛与叶的话题，大多集中在买书看书。每次来灵凤的书房，家伦总是抚摸着新添的书册说东道西，迟迟不忍离去。

有一次，灵凤路遇家伦，随意一说去买上海出版的《抗战八年木刻选集》和一本《窗花》，却已被别人捷足先得，不想仅过了几天，家伦忽然来了，把一个纸包往桌上一放，说："啦，都给你找到了！"就是这样一位挚友，归国后没几年就英年早逝，就如灵凤的那位生死之交戴望舒差不多一样的结局。盛家伦不长的一生，充满传奇，凤凰卫视何亮亮前些年曾为他做过一个专辑，节目中说：盛家伦酷爱看书，有一次在看书的时候，随意拿起苹果就啃，吃得太猴急，竟把门牙镶在了苹果上。但众人笑言盛家伦是"只吃不拉"，因为他博览群书，学识广博，却从来不写作，不过他见解独到，许多学术大家都愿意向他请教。朋友们还爱称他为"自由院士"，因为他是一位身体力行的自由主义者。他曾说，任何独裁对于我个人都是只有死路一条，但如果祖国的复兴，以我们牺牲一个个人自由为代价，那也未尝不可。一九五七年，年仅四十七岁的盛家伦病入膏肓，临终前他说，我活不到下一个春天了，但是我坚信经过几十年的较量，人民群众越来越摆脱奴性，越来越觉醒，春天必将到来。

杜渐

从油麻地到土瓜湾的马坑涌道，打车也不过十分钟的时间。我下车的时候，侯明总编辑几乎同时到了那里，亲自带我入住中华大厦的十一楼，还忙不迭地为公寓的条件简陋致歉。我心想，能够住上我心仪半生的香港三联的招待所，在当年，真是做梦都不敢想的事情，兴奋都来不及呢。她又说，旁边的炮仗街，过去可都是中华书局的印厂。我就联想这中华大厦应该也是中华书局的产业，她说确是。马坑涌道，邻近九龙寨城和宋王台，叶灵凤第一次来港，住的就是这一带。那时这里还是海旁，晚上能看到对岸鲤鱼门的渔火。侯总说，现如今也还有九龙城公众码头，每天她去北角的三联书店上班，就是走水路。相晤甚欢之际，侯总说叶中敏先生恰巧不在香港，去国外度年假了，失之交臂，不胜遗憾。但这丝毫不影响我对叶灵凤先生的执意追索。今天就在杜渐先生新著《岁月黄花》中，不经意发现了一则与叶氏父女有关的掌故。杜渐曾在《大公报》编《大公园》副刊，与叶灵凤先生的爱女叶中敏是同事，当叶先生去世后，严庆澍说叶灵凤丰富的藏书可能卖掉，有人打算出一笔钱把他的书全买下来，并认为这样很吃亏，因为叶灵凤先生的藏书有很多是十分有价值的。杜渐知道叶灵凤有一套李察·褒顿英译的《一千零一夜》，是多达十六卷的限定本，就托严庆澍问问他的女儿叶中敏，愿不愿意把这套书让给他，想不到叶中敏第二天就给他拿来了。杜渐为这套书宁愿掏出一千六百元的全部积蓄，但我们知道，以叶家把全部藏书无偿捐给中大图书馆的壮举，他们显然并不在乎金钱，看中的肯定是杜渐与叶老先生一样爱书成痴。严庆澍总笑话杜渐为了买套书把存款都花光的壮举，说你真是个书痴！不错，杜渐确乎是个彻头彻尾的书痴，早在二十多年前，我就喜欢他写的《书海夜航》和《书痴书话》，喜欢他编的《开卷》和《读者良友》，当年我给《博览群书》写过一篇《香港书话三作家》，位列第一的，就是杜渐。在曼哈顿唐人街的中文书店，我还买过一套香港三联的“读者良友文丛”，也就是因为这套书，才深深喜欢上了香港三联，甚至整个香港。今天读杜渐的回忆，才知他编这书时，其实才只是三联的特约编辑。书还崭新，人却老了，曾经那么青春帅气的杜渐，一转眼也成了八旬老翁。

寻花

在香港三联编辑部的新书展示橱窗里，一眼看上的是这本《寻花》。侯总说，我马上下单从库里调，隔天就托人送给我。喜欢这书，当然第一眼是它的外表，小三十二开，圆圆的书角，手绘彩印，标题字体也是那种雕版的风格，真是雅致得不忍触碰。书的副题是“香港原生植物小札”，作者叶小文的名字，不由得让我想起叶灵凤，先生也喜欢看喜欢写香港的植物，先后出版过《香港方物志》和《花木虫鱼丛谈》。据先生考证，香港唯一的一部植物志是乔治·班逊姆写的，一八六一年在伦敦出版，书中共收香港所产花木名目一千零五十六种。香港有四分之三的山地未获开发，我们周末去山野远足，喜欢极了那些完全叫不上名字的奇花异卉。叶小文的这本小书，每一种植物都配有彩绘的图案，看图识花，愉悦中也长了见识。叶灵凤先生曾感叹班逊姆的书美中不足是没图，所以先生倘若见到《寻花》，一定也是欣喜。

《寻花》里写花无数，印象最深的是小花鸢尾。小花鸢尾首次在香港发现，是在一八七四年。叶小文写小花鸢尾，联想起的是梵高的鸢尾花。“芸芸百花中，有一朵深深吸引我，你也能找到她吗？那是色彩斑斓中唯一一朵白色鸢尾花，如俗气中的一点纯朴，高雅突出，以虚白虏获我的注视和爱。”这幅画素来喜欢，却未尝品出叶小文品出的味道。虚白真是一种寂寞的热烈。见到鸢尾花晚，知道鸢尾花却早。少年时耽读舒婷，特别喜欢那首《会唱歌的鸢尾花》，多半是为了那花名，其实一直不知花的样子。十年前调来北京，机关小园子里恰有一丛鸢尾，多数季节里几乎看不到她，只到初夏，才见剑形的叶子渐次有了绿色，紫蓝小花轻盈得赛过蝴蝶。有时工作累了，也许会隔窗远远望上一眼，也许还会记起舒婷诗里的句子：“我没有权利休息，生命的冲刺，没有终点，只有速度。”

图书在版编目(CIP)数据

猎书家的假日 / 李广宇著. —北京:法律出版社,
017

ISBN 978 - 7 - 5197 - 0991 - 4

Ⅰ. ①猎…　Ⅱ. ①李…　Ⅲ. ①随笔—作品集—中国—
当代　Ⅳ. ①I267.1

中国版本图书馆 CIP 数据核字(2017)第 137438 号

猎书家的假日
LIESHUJIA DE JIARI

李广宇 著

策划编辑 许　睿
责任编辑 许　睿
装帧设计 乔智炜

出版 法律出版社
总发行 中国法律图书有限公司
经销 新华书店
印刷 中煤(北京)印务有限公司
责任校对 王沁陶
责任印制 吕亚莉

编辑统筹 法规出版分社
开本 787 毫米×1092 毫米　1/32
印张 8.25
字数 99 千
版本 2017 年 8 月第 1 版
印次 2017 年 8 月第 1 次印刷

法律出版社/北京市丰台区莲花池西里 7 号(100073)
网址/www. lawpress. com. cn
投稿邮箱/info@ lawpress. com. cn
举报维权邮箱/jbwq@ lawpress. com. cn
销售热线/010 - 63939792
咨询电话/010 - 63939796

中国法律图书有限公司/北京市丰台区莲花池西里 7 号(100073)
全国各地中法图分、子公司销售电话:
统一销售客服/400 - 660 - 6393
第一法律书店/010 - 63939781/9782　西安分公司/029 - 85330678　重庆分公司/023 - 67453036
上海分公司/021 - 62071639/1636　深圳分公司/0755 - 83072995

书号:ISBN 978 - 7 - 5197 - 0991 - 4　**定价:**59.00 元

竹久夢二

李广宇／编

龙星阁版竹久梦二

李广宇

说到竹久梦二限定版，就要说说龙星阁了。这家出版社的历史资料没有查到，只知道它位于东京都千代田区九段南。但有一点没有疑问，这就是龙星阁的出版人显然也对竹久梦二情有独钟，因为自昭和四十一年开始，龙星阁每年都要推出一本特装版竹久梦二画集，有两年还多出了一本。这当中我历年购藏的也有六七种，除了那本特装限定版，普通版的《行人の画帖》我也买到了。其实普通版一点儿也不普通，甚至比特装版还要讲究些。最外面是一个瓦楞纸的书盒，正面靠右侧边缘取中贴一张橙色彩纸，一直延伸到书脊，两面印着粗黑醒目的书名。里面又一个书盒，只是比外盒的材质更细更薄，内盒正面是书名，并以梦二画的街景街灯作为装饰。书是硬精装，外封的材质是绢，彩印了梦二美女。

在三百六十一幅画作之后，书尾附了长田干雄撰写的长文《流人·行人、永远的旅人》、龙星阁刊行者兼本书编集者泽田伊四郎撰写的《刊行者附记》，以及一篇竹久梦二略年谱，这也验证了我前边关于龙星阁主人偏嗜梦二的判断。

另外收集到的是《凝视》和《出帆》。与《行人の画帖》型制相似，但开本略大，应该属于菊大型判。日语中所谓“判”，指的是印刷用纸的尺寸，类似于我们所说的开本，菊判就是其中一种规格，其他还有四六判、新书判、文库判等。日文书的“判”倾向于小型和划一，较大型的通常只限于画册之类。李长声曾说：日本地震时他书架上的书哗啦啦掉下一片，一看全是中文书，日文书得以岿然不动，恐怕不是它们更习惯地震，而是得益于开本整齐，不似我们那样大小各异，五花八门。中国虽是纸的发明地，但日本人对于纸的讲究似也远超我们，《凝视》和《出帆》用的就是一种较厚的手工纸，低调粗糙，却又极富书卷气，比光光亮亮的铜版纸有感觉多了。《出帆》是梦二的自传体小说，最初于昭和二年五月至九月间在东京《都新闻》上连载，一文一画，共一百三十四回。我所藏的这本刊行于昭和四十七年，浅色粗麻的外封格

外雅致，环衬所用的大红色调却又渲染出一种梦二式的热烈。书尾的“刊行者记”对这部作品评价甚高，文章指出：“与其说《出帆》是自传体小说，不如说是梦二细腻描绘自身感情的自传画集。世上有很多自叙传和自画像，但没有像《出帆》这样丰富多彩的自传画集。”《出帆》早几年已有新星出版社的中文译本，系依原画大小刊印，开本近似于菊判。

除了美人画，竹久梦二画得最多的大概就是儿童了，可能在梦二心目中，觉着儿童和女人一样，都无邪似水，所以才一画再画。龙星阁版梦二画集里，有一本《子供の世界》，收入的全是以儿童生活为题材的画作，据说“子供”在日语里就是孩子、儿童的意思。我所藏的这本，出版于昭和四十五年，彩绢封面，铜版纸印，除去硬皮封面出现些微的变形，其他各方面都相当完好。《春の夜の梦》则全是美人画了，共收三百二十幅，有彩画也有黑白画。我买到的又是一本珍贵的特装限定版，昭和四十三年发行，共印八百部。巧的是，我这本的编号又是第六番，恰与那本《行人の画帖》相同。表纸黑染羊皮丸革，天金・本金箔押装，特织麻布制“帙”入。额外的收获是，这书的“帙”里还装有几期文库本大小

薄薄的小册子，那是龙星阁自编的“书讯”。几期书讯对龙星阁版梦二画集绍介甚多，当中一篇《梦二真赝》，对梦二画作之真品和赝品的甄别作了颇为专业的分析。书讯还设有一个栏目“龙舌栏”，系龙星阁编辑所写的出版随笔。这一栏名既巧又美，既以“龙舌栏”代表此“栏”乃“龙星阁”之“口舌”，又与“龙舌兰”谐音。我甚至怀疑，日本古文不仅跟汉语的表意相同，发音怕也没有太多差别。

晚上翻书，从《行人の画帖》里飘然落下一叶不足寸宽的纸条，上面有机打的“夏目书房”的字样，书房的地址则是东京池袋立教通。我猜这书应该是从夏目书房逗来，即便中间有过转手，它也该是最初的源头。池袋是一个很老的地名，据说古时武藏国丰岛郡就有“池袋村”的建制，名字的来由是因为这一带曾有过一个袋状的池塘。至于“夏目”跟国民作家夏目漱石有没有什么牵扯，就不得而知了。后来读到刘柠的新著《东京文艺散策》，才知晓梦二的书出自夏目书房也是有缘由，这家铺子从祖辈开始就不懈蒐集竹久梦二的肉笔画和各种真迹。刘柠写的逛夏目买梦二的经历读来也很有趣：“回来的路上，路过一家旧书店，店幌上写着‘夏目书房’。进去

一看，艺术书籍所藏颇丰，笔者所研究的竹久梦二竟有一个专柜。翻了四十分钟，购书八种，一半是梦二。其中一本梦二画集，是明治四十四年洛阳堂初版的复刻毛边本，品相堪称‘完璧’。结账时，才发现店主是一位慈眉善目的老太太，戴着老花镜，坐在柜台里看书。见我买了不少竹久梦二，便问我怎么会喜欢梦二。我说我曾写过梦二的评传，分别在中国大陆和台湾出版，她更吃惊了：‘中国人也喜欢梦二，这真是太好了！梦二的作品，让人越看心里越静，真真是好东西……”

梦二

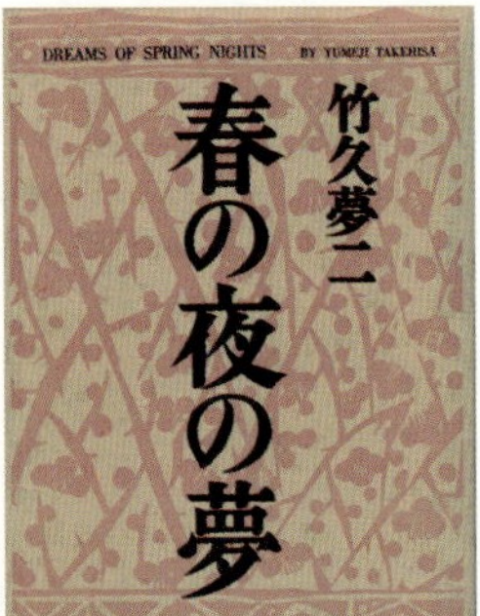
DREAMS OF SPRING NIGHTS
BY YUMEJI TAKEHISA
竹久夢二
春の夜の夢
RYUSEIKAKU

旅

in Berlin

夢二詩歌集
竹久夢二

邪宗渡来

日本童謡集

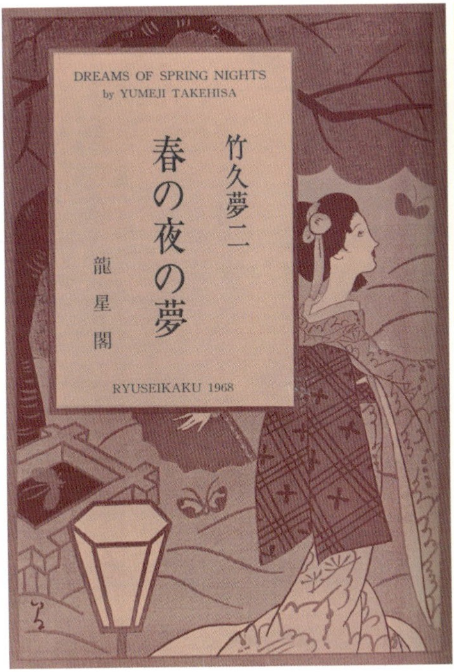
DREAMS OF SPRING NIGHTS
by YUMEJI TAKEHISA
竹久夢二
春の夜の夢
龍星閣
RYUSEIKAKU 1968

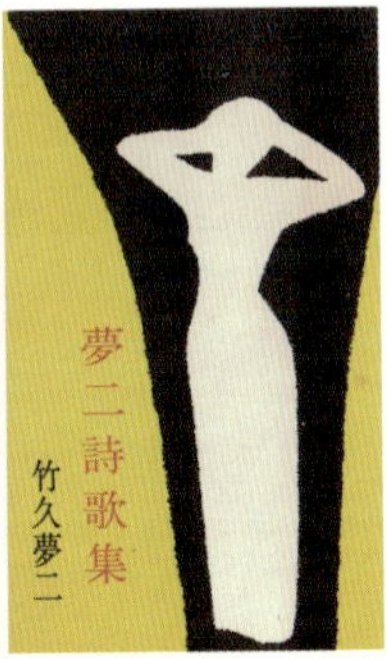
夢二詩歌集
竹久夢二

夢二詩歌集
竹久夢二

WASSERFAHRT
×××(HEINE)×××
海邊の別れ
Senow
No.318

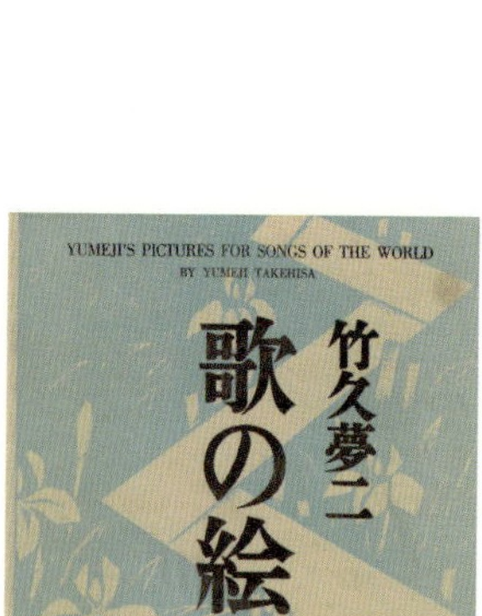
YUMEJI'S PICTURES FOR SONGS OF THE WORLD
BY YUMEJI TAKEHISA
竹久夢二
歌の絵草紙
RYŪSEIKAKU 1966

自伝画集
出帆
竹久夢二

花の少女
ルビンスタイン曲
近藤朔風詩
No 417
1926

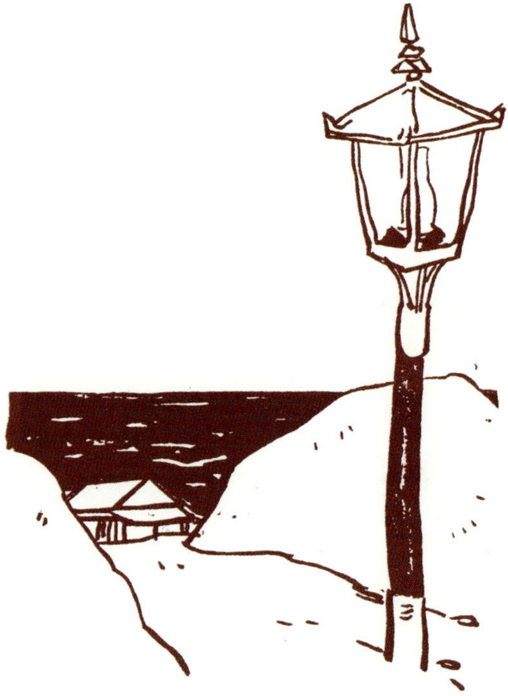